叶わぬ恋と知りながら

Nanao & Kanade

久石ケイ

Kei Kuishi

EB

エタニティ文庫

目次

叶わぬ恋と知りながら

プロローグ

「カナちゃん、行っちゃヤダ……」

物心ついた頃から、ずっと一緒にいて、大好きだった幼馴染のカナちゃんこと水城奏。彼の唯一の家族だった母親が亡くなり、遠い街の親戚に引き取られることになってしまった。

――それはわたしが十歳で彼が十四歳の秋のこと。

ふたりとも早くに片親を亡くしていたせいか、お互いの寂しさがわかる、とても心の距離が近い相手だった。

わたしが五歳の時に母が亡くなったけれど、父とはその前から一緒に暮らしていない。

父はわたしより再婚相手とその娘との生活を取ったから……

「ねえ、もう一度うちのおじさんに頼んでみようよ？」

身体の弱かった母に代わり、わたしをこれまでずっと育ててくれたのは母の兄にあたるおじ夫婦だ。

そしてカナちゃんはおじが監督を務める少年野球チーム〈ストライカーズ〉の一員で、おじの息子――つまりわたしの従兄と同い年で仲がよく、わたしともよく一緒に遊んでくれた。彼の母親が夜遅くまで働いていたのもあって、家でご飯を食べたり泊まったりする家族同然の付き合いだった。

おじの家は元々チームの子やOBの人たちの出入りが激しかったし、誰かが下宿していることもあった。だからカナちゃんが中学を卒業するまでのたったの半年間。おじさんに頼めば、どうにかなると思っていたのに……

「監督に頼んでも無理なんだ。でもいつか――奈々がおとなになったら迎えに来るよ」

「ホントに？」

それが本当ならどれほどうれしいことだろう。

わたしは泣きながらカナちゃんにすがりついた。

彼には異国の血が混じっていて、瞳を下から覗き込むと蒼みがかったグレーに見える。

わたしはその瞳を見るのが大好きだった。

「だから泣かないで。奈々に泣かれるのが一番つらいよ」

彼はわたしの涙を指で拭い、おでことまぶたにやさしいキスを落とした。

わたしがちいさい頃はよくしてくれたけれど、いつのまにかしてくれなくなったおまじない。

「絶対……約束だよ？」

「約束するよ。だから、奈々のここのキスを僕に予約させて？」

そっとわたしの唇に触れる彼の指は長くて綺麗で……おとなの男の人みたいに思えた。

「いいよ、カナちゃんなら……だからきっと迎えに来てね」

離れてしまうのは悲しかったけれど、彼がそう約束してくれたことがうれしかった。

だけどその後、彼からの連絡は途絶えた。

何度も書いた手紙は、いつしか宛先不明で戻ってくるようになってしまった。

わたしの一番はいつだってカナちゃんだったけど、四つ年上の彼からすればわたしはまだまだ子供で……恋愛対象になれないってことはわかっていたのに。

別れ際の約束がうれしくて……それからもずっと、馬鹿みたいに彼を待ち続けてしまった。

——あれから十四年。

わたしのファーストキスはいまだ、誰のモノにもなっていない。

カナちゃんのことはとっくの昔に諦めている……

ただ、彼以上に好きになれる人ができなかっただけ。

そして誰とも付き合うことのないまま、わたしは二十四歳の秋を迎えた。

1　コネ就職の悲劇

「上野奈々生。来週から経営企画部へ異動してもらいたい」

お昼休み前、上司に呼び出され、突然言い渡された人事異動はあまりにも想定外すぎて……わたしの思考回路は思いっきり停止してしまった。

「はい？　あの、わたしが……経営企画部へ、ですか？」

わたしが勤める綱嶋物産は海外にも支社を持つ大手企業だ。

その会社の経営企画部といえば会社の中枢。高学歴でバイリンガルな総合職のエリート社員たちが多く在籍している。

そこに一般職で総務部勤務二年目のわたしが異動？

無名私立女子大学の国文学科卒業で、英語もまともに話せないというのに！

「君には新しく就任する経営企画部統括部長のアシスタントに就いてもらいたい。なに、アシスタントと言っても語学力や専門知識は必要ない。スケジュール管理をする秘書のような仕事だ」

統括部長といえばうちでは常務取締役が兼任するポスト、つまり重役になる。

「あの、それほどの大役でしたら秘書課の方が適任ではないのですか？」

わたしに秘書のスキルはまったくない。今までの仕事でも特別評価されるような活躍はしていないし、総務の仕事を無難にこなすのが精一杯だ。せめて容姿やスタイルがよければ今回抜擢された理由になるのかもしれないけれど、わたしの見た目は至って普通……だと思う。

幼い頃からおじ家族などに『可愛い』と言われて育ったけれど、それは周りにいるのが男の子ばかりだったからだ。

その証拠にいまだ男の人と付き合ったことがない。

恋愛らしき話は、初恋のカナちゃんとのことだけ……

それに、本当に可愛いというのはあの子みたいな娘のことを言うのだ。——父の再婚相手の娘、お人形さんみたいに可愛らしかった義姉。

「君は、海外事業部の綱嶋奏くんを知っているね」

「あ、はい。それはもちろんです」

綱嶋物産の次期後継者と言われている彼を社内で知らない人はいない。

子供のない社長夫婦が養子に迎えた甥で、アメリカの大学を出てＭＢＡを取得後にこの会社へ入社。そしてある事件のあと、海外支社立ち上げのために二年前からドイツに赴任中だ。

わたしが入社した時すでに日本にいなかったので、まだ一度もお目にかかったことはない。ただ、どうやらかなりのイケメンで仕事もできる人らしく、いまだに先輩方や女性社員の話に上がる。

射止めれば玉の輿だけど、残念なことにすでに婚約者ありだ。

「実は先日の役員会で彼が統括部長に就任することが決まってね。急ぎ帰国してもらうことになったが、彼のアシスタントを務める翠川くんは現地での引き継ぎのために残らなくてはならないらしい。彼が戻ってくるまでの間、君にアシスタントをやってもらいたい。なに、ほんの三ヶ月の間のことだ」

「あの、他に適任者がいらっしゃるはずです。わたしでなくても……」

たとえ短い期間でも無理！　わたしにはそう言い切りたい事情があった。

「いや、君にしか頼めんのだよ。彼が海外勤務になった理由は、君も聞いたことがあるだろう？」

――確かにわたしも知っている。それは有名な話だった。

二年前、彼に好意を寄せていた同期の女性社員が社内でカッターを振り回し、綱嶋さんに近づこうとした別の女性を切りつけたという。止めに入った綱嶋さんが軽い怪我をしたそうだが、危害を加えた社員というのが社長夫人の身内だったらしく、事件は公にならなかった。

それ以来、彼には女性の部下やアシスタントはつかなくなったと聞いている。

けれど一応わたしも女なんだけど？　それはかまわないのかとツッコミたくなる。

「彼が君を指名したのだよ。その理由は君にも心当たりがあるはずだ」

「そ、それは……」

わたしは……それが理由で避けたかったのだ。

「君は、彼の婚約者である宮之原美麗さんの義理の妹にあたるそうだね」

そう、彼の婚約者はわたしの義理の姉。といっても、もう十八年会ってもいない。

闘病中の母と幼かったわたしを捨てて父が再婚した女性の連れ子、それが義姉だ。

再婚相手は大正時代から続く宮之原財閥一族の娘で、父とはその系列会社に勤めていた時に出会ったらしい。

母は産後に身体を壊し入院しがちだったため、わたしはちいさい頃からスポーツ用品店を営むおじ夫婦に預けられて育った。

父は仕事が忙しく、たまにしか会いに来られないと聞かされていたけれど……本当は不倫し、彼女の家族と一緒に暮らしていたからだった。

そのうち相手の女性が妊娠し、お腹の子供を盾に離婚を迫り——病床の母はそれを受け入れたという。そして母は生きる気力を失い……しばらくして亡くなってしまった。

父は再婚時に宮之原の婿養子に入っており、現在はその系列会社の重役を務めながら、再婚相手と義姉、異母妹の四人で暮らしている。

わたしは父から養育費をもらっていたものの、ほとんど一緒に暮らしたことがない。

ああ……こんなことなら、いくら卒業間際に内定先が潰れたからといって、長年疎遠だった父に就職先を頼ったりしなければよかった。

宮之原系列でない会社を就職先にと頼んだ時、綱嶋のような大手企業を紹介してくれたのは、実の娘に対してすこしでも愛情が残っていたからだと思っていたのに……かえって悪い結果を招いてしまった。

まさか綱嶋が義姉の婚約者の会社だったなんて！

そのことを知ったのは随分あとだったけれど、わかった時にやめておくべきだった。

わたしを嫌っている義姉が、このことを知ったらどうなるのか……考えただけでも恐ろしい。

「とりあえず、明日から秘書課で研修を受けるように。連絡はしてあるから」

「そんな……」

「まあ、頑張りたまえ」

そう言い残し、上司はわたしに書類を手渡すとさっさと会議室を出ていってしまった。

どうすればいいのかな……。悩みながら職場へ戻るその足取りは重い。

「ただいま……」

すでにお昼休憩の時間に入っていたらしく、総務部にいるのは惣菜パンにかぶりついている同期の田原邦だけ。お弁当組のわたしは、いつも彼女と一緒にデスクでお昼を食べている。

「ちょっと、どうしたのよ？　落ち込んだ顔して……なにかあった？」

くりくりした目を見開いて、心配そうにこちらに視線を向けてくる邦の表情はとても可愛い。

小柄で小動物のような彼女は、見かけによらず超積極的な肉食系女子だ。

わたしとは対照的な性格だけど、さっぱりしていて案外気が合っていた。

「どした、奈々生？　悲愴な顔して」

わたしたちに声をかけながら総務部に入ってきたのは、四期上の真木理保子先輩。彼女は入社当時わたしの指導社員で、仕事もできる才媛。この春から営業部に異動してしまったが。

外回りが多く先輩もかなり忙しいようだけれど、彼女が内勤の時はこうして三人一緒にお昼を食べている。

「ちょっと上に呼び出されてました……。先輩は午後から外回りですか？」

「今日はずっと内勤よ。それで、用件はなんだったの？」

先輩は空いている席に座ると、テイクアウトしてきた食べ物の袋を取り出した。それを見てわたしも自分のお弁当箱を開ける。今日のおかずは昨夜おばさんが作ってくれたロールキャベツ。よく味の染みたそれを頬張ると、すこしだけ落ち着けた。

「実は……来週から経営企画部へ異動するようにって。新しく着任する統括部長のアシスタントに任命されたんです。なので明日から一週間、秘書課で研修を受けなきゃならなくて」

「なっ、奈々生が経営企画部へ……異動？」

「ええっ？　嘘でしょ？」

ふたりには思いっきり驚かれてしまった。邦は食べていたカスクートを喉に詰まらせるし、先輩は飲みかけていた珈琲を噴き出しそうになっていた。

「それで、新しい統括部長って……誰？」

「海外事業部の綱嶋さんです。社長の甥の」

「へえ、綱嶋さん帰国するんだ。アシスタントっていいなぁ……。奈々生、絶対会わせてよね」

邦は単純によろこんでいるけれど、こっちはちっともうれしくない。

「綱嶋くんがそのポストに就くのはわかるけど、どうして奈々生がアシスタントに抜擢されるのよ？」

先輩と綱嶋さんは確か同期だ。黙っているわけにもいかず、とりあえず簡単に事情を説明した。

綱嶋さんの婚約者が義姉で、わたしはコネ入社だということを。

「それじゃ奈々生は宮之原のお嬢様だったの？」

邦が目をキラキラさせて聞いてくる。

「父が婿養子に入っただけで、わたしは宮之原とはなんの関係もないよ。それに……わたしは義姉に嫌われてるから」

「嫌われてる？　あたしと違って誰にでも好かれる奈々生が？」

邦が素っ頓狂な声で聞き返してくる。男性に対してかなり積極的な彼女は、同性からは少々煙たがられていた。わたしはいい子だと思うんだけど。

「このまま義姉の婚約者のアシスタントになるわけにはいかないのよ。できるだけ早く転職先を決めて、会社を辞めようと思ってて……」

だって、義姉(あのひと)とは二度と関わりたくなかった。

就職当時はこんな因縁(いんねん)のある会社だとは露知(つゆし)らず、よろこんで仕事をしていた。先輩や邦と出会い、ずっとこの会社で頑張るつもりだったのに……社長の甥(おい)が義姉(あね)の婚約者だと知り本当に焦(あせ)った。

ただ、義姉(あね)はここ数年海外で仕事をしていると聞いていたし、綱嶋さんも海外勤務中で顔を合わせることがなかったため、つい彼が帰国するまでは勤め続けてもいいかと先延ばしにした結果がこれだ。

「なんで奈々生が会社を辞めなくちゃならないの？」

邦が訝(いぶか)しむのも無理はない。わたしと義姉(あね)にはそれほどの確執がある。もっとも、わたしはなにもしていないけれど。

「それって、その女が昔……奈々生を階段から突き落としたことがあるから、だよね？」

「先輩、どうしてそれを？」

誰にもその話はしてないはずなのに……

「聞いたのよ、あなたの従兄(いとこ)から」

そっか、慎兄(しんにい)が先輩に話したんだ。それとも先輩が聞いたのかな？

あの事件のトラウマから、わたしは今でも階段を下りるのが苦手で、やたらと手すりを持つ癖が抜けない。先輩はそれに気がついていたらしい。

――そう、あれは母が亡くなり一時期父の家に引き取られていた頃のこと。その時わたしは、しばらくの間ひとりでは階段を下りられないほどのトラウマを負った。

なんとか手すりを持って下りられるようになったのは、一緒に階段を下りる練習をしてくれた四歳上の従兄の慎兄や、大好きだった幼馴染のカナちゃんのおかげだ。

十九年前……母が亡くなったあと、すでに再婚していた父はわたしを引き取るとおじたちを押し切った。だけどそれはわたしのためでなく、自分たちの世間体のため。

そのことをわたしは、すぐに思い知る。父は最初から他人行儀で、継母も義姉も迷惑がっている態度を隠そうとしなかったから。

『わたしのパパなんだから、近づかないで！　あんたなんか早く出ていっちゃえ！』

引き取られたその日の夜、父のいない所で義姉にはっきりとそう言われた。

おじの家で周りにいたのは男の子ばかりで、わたしは義姉ができることを密かに期待していたというのに、まったく歓迎されていなかったのだ。

病床の母に離婚を迫るような継母にしても、わたしをよく思うはずがない。それに継母は、生まれたばかりの異母妹のことで手一杯だった。

たまに父が早く帰ってきても、義姉がべったりくっついて近寄ることもできなかった。

確かに義姉はわたしより長く父と暮らしていたし、甘え下手のわたしより仲が良く、本当の娘のように見えた。

――本当はわたしのお父さんなのに……

悔しかったけれど、そう言いたくても言えないほど父と距離があった。

父だって懐かない実の娘より、見た目も可愛らしい義姉のほうがいいに決まっている。だからわたしと暮らそうともしなかったし、会いに来なかったのだろう。さらに今は、父と継母、ふたりの間にできた異母妹もいる。

それでも父が家にいる日はまだよかった。いない日は宮之原家の人たちに徹底的に無視される。

わたしが自室にいれば勝手にごはんがいらないことにされるし、洗濯物を出せば捨てられていたこともあった。

『それ服だったの？　雑巾かと思ったわ』

義姉はそう言って、おばが持たせてくれた服を馬鹿にしてゴミ箱に捨てていたのだ。

彼女や異母妹はいつだって可愛らしくて高そうな服を着ていたから、それと比べれば質素だったのは事実。だけどその服はおばが選んで買ってくれたものだったからすごくショックだった。

しかし義姉に捨てられたことを言おうものなら、継母に『美麗がそんなことするはずないでしょ！』と怒鳴られる始末。

わたしはその家にいるのが嫌で嫌で、おじの家に帰りたくて堪らなかった。

だけど、おじに『やっとお父さんと暮らせるのだから、可愛がってもらうんだぞ』と送り出された以上、すぐに帰りたいとは言えなかった。

もしかしたら、わたしが戻ると迷惑かもしれない……と思っていた。

そんなわたしが父の家にいられなくなる出来事があったのは、そう――あれは母の命日に近い日曜日の朝だった。

その日、父とわたしはふたりだけで母の墓参りに行くことになっていた。わたしは、

もしかしたら墓地でおじの家族と会えるかもしれないと密かに期待していた。

『奈々生、そろそろ出かけよう。車で待ってるから早く下りてきなさい』

父に呼ばれ、二階の自室を出て階段を下りようとした、その時――わたしはいきなり誰かに背中を押された。

体勢を崩して落ちる瞬間、うしろに伸ばした手で掴んだそれと一緒に、踊り場まで転げ落ちた。

先についた左手から鈍い音がし……そのあとわたしの上にそれが落ちてくる。

あちこちを酷く打っていたけれど、その痛みをすぐに感じることはなかった。しばらくの間は頭の中が真っ白になっていたから……

『痛いよぉ！　ママ、パパ！』

その声に驚き、ようやく目を開けると、泣き真似をしながらわたしを見下ろす義姉の姿が見えた。

『この子が悪いのよ！　わたしを引っ張ったの……頭が痛いわ。いっぱい打ったのよ』

そう言いながら、継母に泣きつく義姉。

彼女の服をわたしが引っ張った？　確かにそうかもしれないけれど、それはうしろから押された時に咄嗟に掴んだだけなのに。

『なんてことしてくれるのっ！』

身体を起こし『違う』と言いかけたその瞬間、継母が恐ろしい顔でわたしの頬を打った。

その勢いでふたたびうしろに倒れ込んだわたしは、またもや頭を床に打ちつける。

『美麗、かわいそうに……すぐに病院へ連れて行ってあげるからね』

痛い痛いと泣き叫びながら、両親と車で出ていく義姉。誰もいない家に取り残されたわたし。

誰かに痛みを訴えることもできず、しばらくの間、呆然としていた。

時間が経つと左手首がジンジンと痛みはじめたけれど、怖くて動かせない。

『おじちゃん、おばちゃん……いたいよぉ……ううっ……うえっ……』

泣いて叫んでも助けてくれる人は誰もおらず、痛みはあとからどんどん襲ってきた。

帰りたい。おじの家に……

そう思ったわたしは、動かない手首を抱えて家を出た。

駅の方向もわからないまま、よろよろと歩き続ける。あちこちが痛くて、不安で、怖くて……嗚咽が止まらなかった。

――結局通りかかった人が、わたしの頬が腫れているのと、左の腕を抱えたままなのを不審に思い、おまわりさんを呼び……病院へ連れて行ってくれた。

『奈々生！　大丈夫か？』

おじたちが駆けつけた頃には治療は終わり、わたしの左手にはギプスが嵌められていた。

家はどこかと聞かれ、わたしは『ウエノスポーツ用品店』と答えたから、おまわりさんがおじに連絡してくれたのだ。

『奈々ちゃん、痛かったよね？　だからあんな男のところへ帰すのは反対だったのよ！』

おばさんは駆け寄ると、わたしの腕を気遣いながら抱きしめてくれた。その腕の中は温かくて、止まっていた涙がふたたび溢れてしまう。

『いたかった……こわかったよぉ……うぅっ……うわぁーん！』

わたしは泣きながら必死で説明した。義姉にうしろから押されて階段から落ちたこと、あの家でされた仕打ちのいくつかを。

『うんうん、奈々生は悪くなんかないよ。こんな目に遭って……かわいそうに』

『かえりたい……上野のおうちにかえりたいよ』

『ああ、帰ってこい。もう二度とあんな家に返すものか！』

おじもそう言ってくれて、ようやくわたしは安心することができた。

わたしは全身打撲で頭部に瘤ができ、左手首の尺骨が折れていたが、脳波に異常はなかった。踊り場のある階段だったのと、子供で身体がやわらかかったのが幸いしたようだ。そうでなければと考えたらゾッとする。

一方の義姉はいくら検査しても瘤すらできていなかったそうだ。わたしの上に落ちたのだから、酷くないのはあたりまえ。それなのに大騒ぎし、病院でも首を傾げられ……自宅に戻るとわたしはおらず、玄関のドアも開きっぱなし。警察から呼び出されて義姉の嘘はバレ、父たちはわたしを虐待していたという疑いをかけられたらしい。

大事にしないでほしいと、父はその日の夜遅く頼みに来た。しかし謝罪してほしいというおじたちの要望に反して、義姉はわたしを突き落としたことを認めず、継母が謝りに来ることもなかった。そのため、おじと父……というよりも宮之原側はかなり揉めたらしい。

おじたちは児童虐待で訴えてでも、わたしを養女にして正式に引き取りたいと交渉したそうだけど、世間体を気にした父はわたしを養女に出すことを拒否。そのうち宮之原側からおじの営むスポーツ用品店に圧力がかけられ……随分と騒がしかった記憶がある。

結局謝罪はなし、慰謝料を含んだ養育費を一括で払うことで話がつき、わたしはおじたちのもとで暮らすことが決まった。

わたしとしてはあちらの家と縁が切れるなら、それでよかった。

「なにそれ……酷すぎっ！」

話し終わると、さっきまでわたしが宮之原の娘だと羨ましがっていた邦の態度が一変していた。

もっとも、母が父と離婚した際、わたしは母を筆頭とした上野の戸籍に入っている。父はわたしを置いて宮之原の養子に入ったので、わたしは宮之原の籍には入っていない。

「人の父親を奪っておきながら偉そうに！　怪我までさせて嘘つくなんて最悪の女じゃん。いくら子供の頃の話でも、そんな女選ぶなんて綱嶋さん最っ低！　なんか彼の株が下がったわ。むしろ軽蔑するよ」

酷い言われようだけど、実はわたしもそう思っていた。

あの義姉を選ぶなんて……いくら評判のいい人でも、それだけで好感は持てない。

「だから、綱嶋さんが帰国する前に辞めようと思ってて……」

「なんで？　そんな女のために奈々生が会社を辞めることないってば！」

邦はかなり怒り心頭だ。

「でも義姉とはできるだけ関わりたくないの。それなのに今回の人事には面食らっているのよ。義姉とわたしの因縁を知らないにしても唐突すぎて」

「それならいっそのこと、直接彼に事情を話してみたらどう？　大丈夫。綱嶋くんは話のわかる人よ。それは同期のわたしが保証するから」

なるほど、直接ね。ここは本人を知っている先輩の意見を聞くのが得策かもしれない。

「へえ、センパイがそこまで言うってことは、綱嶋さんって噂通りのイイ男なの？　もしかしてセンパイと艶っぽい話とかあったりして？」

「邦、それはないわ。確かに彼は綺麗な顔立ちをしてたけど。ちょっとデキすぎてて胡散臭いというか、本心が読めないところのある男だったからね」

「センパイのタイプじゃなかったってこと？」

「あら、観賞用としては最高よ。物腰がやわらかくて、スリーピーススーツの似合う細腰の肩幅がある体型でね。さすがに入社当時はオーダーメイドは着てなかったけど、それでもかなりいいスーツを着てたと思うわ」

はじまっちゃった……先輩のスーツ萌え談義。

クールでカッコイイ先輩なんだけど、スーツ萌えがすごくて、その審美眼はかなり鋭い。

そんじょそこらのスーツでは萌えないどころかダメ出しがはじまる。先輩曰く、日本のビジネスマンはスーツのセレクトが下手なんだって。少々お腹が出てても、体型に合わせてピッタリに仕立てたスーツはその人に合っていて、それも萌えるらしい。

「センパイ、スーツが似合ってても奈々生にとっては憎っくき義姉の婚約者なんだから！　なにか対策を考えなきゃだよ」

「そ、そうね。とりあえず奈々生をアシスタントに指名した理由を直接聞いて……すぐに辞めるなんて言わずに、総務に戻してもらえるよう掛け合ってみたらどうかしら。もしすぐに戻れなくても、本来のアシスタントの翠川くんが帰国するまでの三ヶ月間だけなら大丈夫じゃない？」

「そうですよね……別に綱嶋さんに対して文句はないし。ただ、義姉と関わり合いたくないだけだから。義姉がまだ帰国しないのなら、なんとかなるかもですよね？」

話してみる価値はあるかもしれない。それに一週間で転職先を探すのは難しすぎる。

「そうそう。もしかしたら奈々生の話を聞いて、婚約破棄になるかもしれないしね！」

邦、怖いこと言わないで。そんな幼い頃の話で破談になったりしないと思うよ。義姉もそれなりに成長しているだろうし。

「それじゃ、直接話してみます。ただでさえおじの世話になりっぱなしで、いきなり無職になるわけにはいかないですから。いつかひとり暮らしするためにも……」

　本当は就職したらすぐにでも、おじの家を出て独立するつもりだった。それなのに、先に慎兄が家を出てしまって、出たくても出られなくなってしまったのだ。

『お願いだから家を出るなんて言わないでちょうだい。慎一がいないだけでも寂しいのに、奈々ちゃんが出ていくなんてダメよ！　あなたはずっと、この家にいてくれなきゃ』

　おばに泣きつかれて、しかたなく家を出るのは諦めた。

　幼い頃から育ててくれた彼女に懇願されては逆らえない。本当の娘じゃないけれど、一生面倒を見るつもりはある。それほど、おじたちには恩を感じている。

　ただ、慎兄が結婚したらいずれは同居するだろう。あれで親思いなところがあるし、その時に実の妹でもない小姑なんて邪魔なだけだ。それまでには家を出たほうがいいと思っているけれど。

「奈々生は気を使いすぎだよ。それだけ苦労してきたんだろうけどね……」

　先輩がしみじみと言いながら、ギュッと抱きしめてくれた。

「そんな、たいした苦労してないですよ。養育費はもらってたし、大学まで出してもらえたんですから。おじやおばもやさしくて、本当の娘のように育ててくれて……きっと、父に引き取られるよりもずっと、しあわせだったはずです」

おじたちからは本当の娘になってほしいとも言われている。それも養女とは違う形――つまり慎兄のお嫁さんとして。

「辞める辞めないは綱嶋くんと話してからとして、あとは明日からの研修をどうするかね。なにか言われてる？　服装とか」

「制服じゃなくてスーツでって言われてます。だけど、どんなスーツを着ればいいのか……」

総合職の女性は、わたしたち一般職のように制服ではなく基本スーツだ。真木先輩も、今日はかっこいいパンツスーツ姿。秘書課の社員たちは、他の総合職の人たちのようなシンプルなスーツではなく、華やかなものを着ていることが多い。わたしがそんな服を持っているはずもなく、入社式に着たリクルートスーツを引っ張り出してくるしかないと考えていた。

「それじゃ、明日の研修までにいろいろと準備しなきゃね」

「いろいろとって？」

先輩が思いっきり楽しそうな顔をしている。彼女がこういう顔をするのは、なにか企（たくら）んでいる時で……

「そうね。総務課の上野奈々生はこれでいいけど、重役のアシスタントになるなら、もうちょっと頑張らないとね」

「えっ、なにを頑張るの？　邦」

ふたりがニッコリ笑って、にじり寄ってくる。

「邦、今日の終業後は緊急ミッションよ！　奈々生を変身させるからね。研修先の秘書課の気取った女どもに、わたしたちの奈々生を馬鹿になんてさせないんだから！」

気持ちはうれしいけど、それは無理じゃないかな？　だって素材がモノを言う部分が大きい。

「まあ任せておきなさいって。綱嶋くん好みに仕上げてあげるから」


別に綱嶋さん好みじゃなくてもと、抵抗したけれど……

閉店間際のセレクトショップに連れて行かれ、スーツや靴など一式揃(そろ)えることに。バッグは先輩が使わなくなったブランド物を異動祝いだと言ってプレゼントしてくれた。だけどそれ以外の準備で夏のボーナスが半分以上飛んでしまった。

それから更に先輩の知り合いの美容師さんに頼み込んで、髪型を変えてもらい、化粧の仕方も教わった。

まあ、外見が変わったところで中身まで変わるわけじゃない。ただ鏡の中の自分はちょっぴり以前と違って華やかで、お嬢様っぽく見えてくすぐったい。

「ここまでしなきゃダメなんですか？　先輩」

「ダメよ。奈々生はただでさえ自分に自信がないからね。今のまんま出向いても、萎縮（いしゅく）するだけでしょう？　それが目に見えてるから、ここまでするのよ」

確かに、コネ入社なうえに一般職のわたしは総合職の私服組に引け目を感じていた。元々容姿に対してのコンプレックスもあったが、それは可愛らしかった義姉（あね）に父親を取られたのが原因だ。

その義姉（あね）を選んだ婚約者に会うことに対して、気後（きおく）れもかなりある。だけど今の自分なら、すこしだけ大丈夫かなって思えた。

「やれるだけのことをやって挑（いど）むのみよ。奈々生は頑張り屋だし、仕事についてはわたしが仕込んだんだから大丈夫よ。自信持ちなさい！」

確かに先輩には、かなり鍛（きた）えてもらった。新しい仕事を教わって頑張ればいいだけだ。見た目をこうして整えれば、なんとかなりそうな気がしてくるから不思議。

「そうそう。この勢いで合コンも行っちゃおうよ！　奈々生ったら、合コンも紹介も苦手だって逃げてるけど、いい加減、初恋の君のことは忘れなきゃ。初恋は叶わぬものって言うでしょう？」

「それを言うなら、実らぬものよ、邦（あきら）」

「やだな、ふたりとも。もうとっくに諦めてるし、合コンや紹介は苦手なだけだよ……」

付き合う相手を品定めするのは嫌だし、誰かと付き合いたいとか思わなかった。

だけど邦や先輩には、初恋の相手が忘れられないからだと思われている。酔った勢いでカナちゃんのことを話したのは失敗だったかもしれない。

「誰とも付き合わないなんて、可愛いのにもったいないよ？　奈々生」

「先輩まで……可愛いなんて言ってくれるのは、身内と先輩たちだけですよ」

それに……わたしの場合、彼氏を作らないんじゃなくて作れないだけ。そういう機会もないし、自信もない。実の父親にすら選ばれなかったのだから。

カナちゃんもきっと、別の人を選んだんだ……だから手紙の返事もなく、迎えにも来ないんだ。

――人を好きになるのが怖いのかもしれない。選んでもらえなかったら、行き場のない想いを抱(かか)えてつらいだけだもの。

2　再会は突然に

それからの一週間は秘書課で猛特訓を受けた。

たとえ経営企画部所属でも、スケジュール管理等では秘書課と連携しなければならないからだ。

研修内容は、挨拶の仕方や電話の取り方、スケジュールの調整法など。服装や身だしなみは先輩と邦の協力で及第点をもらえたけれど、美しいお辞儀の仕方やお茶の出し方など、秘書課ならではの作法まで厳しく叩き込まれて結構大変だった。

そのうえ秘書課のお姉さま方の視線はたいそう冷たく、嫌味や皮肉も言われた。皆が密かに狙っている若きイケメン後継者のアシスタントに指名されたのが、わたしでは誰もが納得しないのだ。きっと義姉のような人でなければ……

だけどなにを言われようと頑張るしかなかった。応援してくれる先輩や邦に申し訳ないもの。

「午前中だけって思ってたのに……夕方になっちゃった」

週末、残った仕事と渡された資料を整理してしまうように言われ、日曜まで出勤しなければならなかった。

誰も教えてくれる者がおらず、結局予想以上に時間がかかり、夕方近くに。

ようやく仕事を終え、家の最寄駅から商店街の中にある自宅へ向かう。住居を兼ねたおじの店に来たお客様の邪魔にならないように、裏手にある駐車場側の出入り口に回る。

日曜のこの時間帯なら、おじの指導する少年野球チームの練習も終わり、コーチやOBたちが店にたむろしている頃だ。今日はその相手をするのも疲れる……

「あれ？　誰だろう……」

駐車場には見慣れない白い車。よく見ると従兄（いとこ）の慎兄が乗っている逆輸入された日本の高級ブランド車と色違いだ。

わたしが近づくと、車の中から背の高い男性が降り立つ。

ラフなジーンズにジャケット姿。サングラスをしているので顔はよくわからないけれど、その姿を見ただけで懐かしいような、キュッと胸が締めつけられるような痛みを覚えた。

まさか一目惚（ぼ）れ？　いやいやあり得ない！　だってそんなものしたことがない。

だけど、なぜだろう？　はじめて見た気がしない……

わたしはその人から目が離せずに、その場で立ち尽くしていた。

「奈々……？」

すこし低くて甘い声がわたしの名を呼ぶ。

この声はまさか……？　それなら、さっき胸がキュッとしたのも納得できる。だって、どれだけ年月が経っても彼に逢えばすぐにわかると思っていたから。

ずっとずっと逢いたくて逢いたくて堪（たま）らなかったその人……

「――カナちゃん、なの？」

サングラスを外したその顔には、別れた頃の面影（おもかげ）があった。

整った顔立ちにシャープな輪郭(りんかく)。なのにやわらかい雰囲気に感じるのは、やさしく笑う表情と、青灰色(せいかいしょく)の瞳のため。

その瞳は光に透(す)けると水晶のように綺麗(きれい)で、わたしは幼い頃からそれを覗(のぞ)き込むのが大好きだった。薄茶色のやわらかそうな髪が夕日を浴びてきらめいて見える。

「ああ、そうだよ。僕の奈々……逢いたかったよ」

微笑みながらやさしく語りかけてくるこの声。昔よりも低くなっているけれど聞き覚えがある。それに、話す時の独特のイントネーションは間違いなく『カナちゃん』のものだ。

「カナちゃん!」

わたしは思わず駆け寄り、彼の腕の中に飛び込んだ。

ぎゅうっと抱きつくとそれ以上の力で抱きしめ返され、伝わる温(ぬく)もりで実感する……ああ、カナちゃんだって。

だけど頬に押しつけられた彼の衣服から香るのは、すこしスパイシーで甘い大人のフレグランス。

子供の頃、抱きついて甘えた時にTシャツやユニホームからした土埃(つちぼこり)や汗の匂いはもうしない。

「わたしも……逢いたかった」

——ああ、そっか。わたしは諦(あきら)めたふりをしていただけで、ちっともカナちゃんのことを諦めていなかったんだ。

ずっと好きなままで……そのことを忘れようとしていただけで、彼のことをずっと想い続けていたのだ。だからカレシが欲しいとも思えなかったし、好きな人もできなかった。

再会しても、思い出の彼と現実の彼とのギャップにショックを受けるかもしれないと予想していたけれど、実際は幻滅するどころか想像以上に素敵な男性に成長していた。

その声もやさしさも全部昔のままで……わたしの心の中の幼いカナちゃんがいた位置に、ストンと今の彼が居座ってしまった。

でも、目の前にいるのが本物のカナちゃんだったら……どうして今まで連絡のひとつも寄越さなかったの？

これまで一度も会いに来てくれなかったのに、どうして今更？

そのことを考えると、寂しさや怒りのようなものが込み上げてきた。それは涙になってみるみるうちにわたしの瞳から溢れていく。

「なんで泣くんだよ？　あれからずっと、奈々が泣いていないか心配してたのに……」

彼はわたしの頬を両手で挟み込み、親指で涙を拭き取りながら困った顔をしていた。

「それじゃ……どうして今まで、連絡してくれなかったの？　手紙も返ってくるから、どこにいるのかもわからなかったんだよ？　それなのに、こっちの気も知らないで……なにが『心配してた』よ！　カナちゃんの馬鹿……馬鹿っ！」

ドンと拳（こぶし）で目の前の彼の胸を叩いた。何度も、何度も、泣きじゃくりながら……

「連絡したよ」

「嘘！」

知らない、そんなの一度も聞いてない！

「嘘じゃない。何度か電話したし手紙も書いたよ」

そんな……おじたちからは、電話も手紙も全然ないと聞かされていたのに？

「ごめん、心配かけたよな？」

カナちゃんはポンポンとわたしの頭を撫で、ふたたび頬に手を添えると愛おしげに撫でてくる。

顔を歪（ゆが）めながら微笑む彼は、この街から出ていった時と同じ表情をしていた。

なによ、そんな顔されたら全部許しちゃうじゃない。

「元気にしてたのなら、いいよ……」

「やっぱり奈々はやさしいね。ずっと僕のことを待っていてくれたの？」

——迷ったけれど頷いた。だってカナちゃん以外の人なんて考えられなかったから。

「今、誰か付き合ってる人はいる？」

「いないよ……誰とも付き合ったことないよ」

「本当に？　それじゃ、あの約束……守ってくれてたんだね」

とっくの昔に諦めてて、約束を守ってきたわけじゃないけれど……誰ともキスしたことがない。

「ありがとう！　うれしいよ、奈々」

ふたたびギュッと抱きしめられた。

「そう言うなら……カナちゃんは、今までなにしてたのよ」

見上げると、カナちゃんの青灰色の瞳にわたしの顔が映る。

わたしの唇をやさしくなぞる彼の指も、泣きそうに微笑むその顔も全部あの日と同じで……

幼い頃は平気だったのに、懐かしさと同時に気恥ずかしさが込み上げ、動悸が激しくなる。

「……そんなに可愛い顔するなんて、反則だよ」

可愛いと言われて慌てて俯く。だって、自分が可愛くないなんて百も承知している。

こんなに素敵な男性になった彼は、今のわたしを見てがっかりしていないだろうか？

そう思うと、いたたまれなくなってしまう。

それなのに彼はわたしの顎を持ち上げると、ゆっくりと顔を近づけてきた。

「奈々、逃げないで……」

信じられないほど近くに見えた、彼の綺麗な青灰色の瞳。

気づいた時には、わたしは目を閉じることなく、それを受け止めていた。

「……っ！」

啄むように触れ、やわらかく温かな感触を残し離れていく彼の唇。

――これがファーストキス？

二十四歳にしてようやく経験したそれはあっという間で、だけどその感慨を噛みしめる暇もないほど強く抱きしめられた。

「奈々……やっと迎えに来ることができたんだ。もう、誰にも邪魔はさせない」

耳元でカナちゃんが甘くそう言うけど、誰が邪魔するというの？

「あ、おばさんから電話」

ポケットの中の携帯が震えた。電車に乗る前に連絡していたのに、なかなか帰らないのを心配してかけてきたのだろう。

「もう、おばさんったら、本当に心配症なんだから」

すこしでも帰りが遅いと、こうして連絡してくる。これでも、仕事をはじめてからはまだ自由が利くようになったほうだ。ちょっと過保護すぎると先輩たちには言われるけれど、ここまで育ててもらった恩があるから、あまり強く反発できなかった。

「ねえカナちゃん。今からうちに寄っていくでしょ？　おじさんたちもきっと会いたがるよ。慎兄は駅前のマンションでひとり暮らししてるけど、近くだからすぐに飛んで来

「いや、いいよ。きっと僕は歓迎されないから」

「それって……やっぱり邪魔をしてたのはおばたちだと言うの？　そんなことあるはずがない。おじもおばも、あれほどカナちゃんのことを可愛がっていたのだから。


わたしが物心ついた頃から、慎兄とカナちゃんと三人でいつも一緒にいた記憶がある。

わたしには両親との思い出はほとんどなく、季節ごとのイベントは、カナちゃんを含む少年野球チームのメンバーと一緒のことが多かった。

おじが経営するウエノスポーツ用品店でスポーツ・レジャー用品などを貸し出していた関係で、お得意さんやチームの子たちを対象にしたいろいろな催し物をやっていた。

春の花見に夏のお祭りや花火、海や山に、海水浴にキャンプ。秋はバーベキューに山登り。冬のスケートにスキー。

家族がいれば当然一緒に過ごすはずのクリスマスや初詣も……長い夏休みも冬休みも春休みも、他に行くところのないわたしとカナちゃんは、慎兄と一緒にうちで過ごすことが多かった。

おじたちからしても、カナちゃんは家族同然のはずだったのに……どうして？

「今日はもう帰るよ。またすぐに逢えるさ。それから……今日のことはまだ誰にも内緒だよ。また改めて挨拶に来るから、いいね？」

その真剣な物言いに思わず頷くと、ふたたび唇にちいさくキスが落とされた。

「それじゃ、また」

彼はそう言って車に乗り込むとエンジンをかける。

そのエンジン音は静かで、発進する時も砂利を踏む音だけ残し走り去っていく。

わたしはキスの余韻を噛みしめながら、車のテールランプをいつまでも見送っていた。

「ただいま」

「おかえり、奈々ちゃん。晩ごはんできてるわよ」

「あ、はい。それじゃ着替えてくるね」

部屋に入ってからも、ぼんやりとカナちゃんのことばかり考えてしまう。

結局、今まで彼がどうしていたのか、教えてもらえなかった。

連絡先すら聞かせてもらえなかったのって、もしかして騙されてる？　本当はすでに結婚してて、連絡されたら困るとか？　まさかとは思うけれど、そんな不安がよぎってしまう。

だけど一番ショックなのは、こんなにやさしいおばがカナちゃんからの連絡を取り次いてくれなかったかもしれないこと。わたしがどれほど寂しがっていたか、知っていたはずなのに……

「よお、遅かったな。もうすこしで会社まで迎えに行かされるところだったぞ」

「慎兄、帰ってたの？」

きつい目をした従兄が、居間に寝っ転がったまま、迷惑そうにわたしを見る。どうやら今日はデートがなかったらしく、晩ごはんを食べに来たようだ。

慎兄になら話してもいいのだろうか？　カナちゃんが来たことを。

「奈々ちゃんが日曜出勤だなんて！　今までなかったのに、あの娘の嫌がらせじゃないの？　早く辞めちゃいなさい、そんな会社」

「おばさん、今日の出勤は義姉のことと関係ないから」

今回異動の辞令が下りた時、転職するかもしれないことを伝えていた。その時はじめておじたちに、綱嶋物産は義姉の婚約者の会社であったことを打ち明けたのだ。そして今回、彼のもとで仕事をすることになったと。

「そうだぞ。無理しなくていいんだぞ。嫌ならいつでも仕事を辞めろ」

「もう、おじさんまで……」

その話を聞いた時のおじたちはかなり激昂して、すぐにでも仕事を辞めろと言いはじめた。とりあえず転職先を探してからというわたしの言葉で矛先を収めてもらった。

「まったく酷いものね。友嗣さんったら、とんでもない会社を実の娘に紹介して！」

おばは父のこととなると昔からボロクソだった。

「おふくろ、綱嶋は大企業だぞ？　むこうが奈々生の素性に気づかなければどうにかなったさ」

だけど指名されたということは正体がバレてしまったのだ。

「奈々ちゃんも黙ってないで、すぐにわたしたちに言ってくれればよかったのよ。それで家を手伝ってくれれば……」

おばは昔から、やたらとわたしを手元に置きたがり、いつも必要以上に目をかけてくれていた。そのため慎兄はかなり寂しい思いをしていたらしい。時々慎兄がわたしに意地悪するのは母親が自分より可愛がっているように思うからだと、カナちゃんが教えてくれた。それからはできるだけ気を使うようになった。意地悪といっても義姉にされたことに比べると可愛らしいものだったし。

それに父の家から帰ってきてからは、まったく意地悪されなくなった。きっと彼なりに気を使ってくれたのだと思う。

だからかな？　慎兄が先に家を出たのは。わたしが遠慮なくこの家にいられるようにって。

だけど将来慎兄が結婚して、お嫁さんが来たら邪魔になる。その時は……わたしが出ていかなければならない。

「奈々ちゃんは無理しないでいいのよ。いざとなれば慎一が面倒見るって言ってるんだから」

「慎兄はその気もないのに冗談で言ってるだけだから。信じちゃダメだよ、おばさん」

まだ言ってる……。二年前、就職先が潰れて途方にくれていたあの時、慎兄がいきなりそんなことを言い出したのが、この誤解の元だ。

『就職が決まらなくても、おまえひとりぐらい俺が養ってやるよ。俺の嫁になればおまえもこの家を出なくていいし、ずーっとこのうちの子でいられるぞ』

今まで一度だってわたしを女扱いしたことないくせに、突然そんなことを言い出した慎兄。

一番よろこんだのはおばで『まあ、よかったわ！　これで奈々ちゃんは一生わたしの娘ね』って目を輝かせ、おじも『おお慎一、やっとその気になったか』と……

それ以来おじたちは、わたしが慎兄と結婚して正式にこの家の嫁になることを楽しみにしている。

だけど、わたしにとって慎兄は兄以外のなにものでもない。いくら従兄妹同士は結婚できると言っても、兄妹同然に育ってきて今更って感じだ。

それならもっとちいさいうちに養女になって、おじたちの本当の娘になりたかった。

なのに、世間体を気にした父たちに阻まれた。

だけど上野の姓を名乗っていたので、言わなければ誰もわたしがこのうちの子じゃないなんて思わなかった。成人した今となっては、どちらでもいいこと。そんなものがなくても、わたしたちは本物の家族のはず。

それに……カノジョがいるのに、そういうことを言っちゃダメだと思うよ慎兄。

高校の時も大学の時も就職してからも、いつだってカノジョがいたくせに。女を切らしたことがないっていうのが彼の自慢だ。就職して会社の近くにマンションを借りたのだって、女の人を連れ込むためで……その現場、何度か日撃してるんですけど？

そのことを言うと『結婚してから浮気しないように今のうちに遊び倒してるだけだ』と開き直る。

いやいや、意味がわからないから！　自分は遊びまくっておいて、わたしには『おまえは遊ぶのナシな』なんて不公平じゃない？　飲みに行くのはストライカーズのチームメイトや会社の先輩たちじゃないと許可してもらえないのだから。

まあ今のところ、別にそれで不自由はしていないけれど。

そもそもわたしが気軽に男性と付き合えなくなったのは慎兄の影響だ。

中学の野球部を引退して髪が伸びはじめると急にモテだした彼は、やたら遊ぶようになった。高校で野球部に入らなかったのも『坊主になるのがいやだから』という理由で、それからはとんでもない軟派ぶり。

付き合った女性は数知れず。どれだけ遊び人かってことは、わたしが一番良く知っている。

その気がありそうな子は必ず口説く。自分にカノジョがいても、相手にカレシがいてもだ。

慎兄が男の本性と実態をまざまざと見せつけてくれたせいで、気軽に男の人と付き合う気になれなくなったと言っても過言ではない。

一生を共にするのなら、できればわたしだけを大事にしてくれる人がいい。慎兄も妹としては文句なく大事にしてくれているけど、カノジョや奥さんなんて御免だ。

こうして現実の恋愛から目を背けてきたわたしにとって、カナちゃんはずっと別格だった。想い出の中の彼は王子さまで、汚れなき存在だったから。

それに……夫婦になるってことは、アレでしょ？　キスとか、それ以上のこともするんでしょう？

無理無理、絶対無理！　慎兄とは今まで一度もそんな雰囲気になったことがないし、考えたこともない。それに、キスはやっぱりカナちゃんとがいいな……なんてね。

ダメだ、さっきのキスを思い出して顔が火照ってくる。

「俺は別にいいぞ。おまえなら気心が知れてて、嫁姑問題もクリアしてんだから」

「わたしが良くないってば！　慎兄にとっても、ありえないでしょ？」

「こんないい男を前にしてなに言ってんだ、カレシがいたこともないくせに……。ああそうか！　俺が近くにいるせいで他の男なんて霞んで見えて困ったよな。悪かった」

「どこにいい男がいるっていうのよ？」

「ここにいるだろうが！　まあ、男を見る目だけは教育しておいてやったからな。今まで彼氏ができなかったのは、俺以上の男がいなかったってことだろ？」

確かに一部の女性から見れば慎兄はイイ男かもしれないけれど……

「どうやったらそこまで自惚れられるのよ。慎兄は兄貴、それ以外のなにものでもないよ」

偉そうだしワガママだけど、いざという時は助けてくれるし頼りにもなる。だけどわたしにとって、すでに家族だ。もし夫婦らしいことをしなくてもいいのなら、一緒に暮らせるとは思うけど……

「ふたりとも相変わらず仲がいいわね。ほんとにいつ結婚しても、孫の顔を見せてくれてもいいのよ？　若いおばあちゃんになるの楽しみだわ。それにわたし、奈々ちゃん以外のお嫁さんなんて、きっとイビっちゃうわね」

おばが満面の笑みで恐ろしいこと言い出すから困ったものだ。

「もう、冗談もそのぐらいにしてよね」

だってわたしの心の中にはずっとカナちゃんがいる。けれどもその名前を今は出しづらかった。

もう随分長い間、この家の中でカナちゃんの名前を聞いていない。彼の名前が出るたびに、おばが話題を変えるから、段々と誰も彼の話題を出さなくなっていた。これまでは連絡がないことに落ち込むわたしを気遣って話を逸らしてくれていたのかと思っていたのだけれど、そうじゃなかったんだ。

「それとも奈々生は、誰か好きな人でもいるのか？」

慎兄がいきなりその話題を口にして、思わず冷や汗が背中を流れた。

「べ、別にいないけど……」

カナちゃんに今日逢ったことは内緒だと言われている。だから今、話すわけにはいかなかった。

「奈々ちゃん。慎一と結婚して子供ができても、わたしたちが面倒見るから安心して外に働きに出ていいのよ。今からその時が待ち遠しいわ」

「おばさん……」

すでに孫のことで頭がいっぱいになっているようで、その妄想は留まるところを知らない。

「それで、明日来るんだろ？　その、新しい上司とやらは」

呆れたおじが助け舟を出してくれた。

「そうなの。だから明日もすこし早めに家を出るね。上司より先に着いてなきゃダメだろうから」

「だったら会社まで車で送ってやるよ。俺も朝から奈々生の勤め先近くの取引先に行かなきゃなんねえんだわ」

へえ、珍しいな。慎兄が送ってくれるのって、なにかのイベントの時以外なかったのに。

「はいはい、ついでも助かるよ。ありがとね、慎兄」

滅多にないから甘えておこう。電車だと一時間かかるけれど、車だと三十分で済むから。

3　好きになってはいけない人

「気が重いな……」

月曜日の朝、わたしは誰もいない役員執務室で新しい上司が到着するのを憂鬱な気分で待っていた。

昨夜はカナちゃんと再会できたうれしさと、今日の初顔合わせの不安とがごちゃ混ぜになって、よく眠れなかった。

義姉の婚約者と仕事なんてうれしくないに決まっている。真木先輩は綱嶋さんのことを悪くは言わなかったけれど、義姉を婚約者に選んだ時点で好感は持てない。

それでも仕事は仕事。準備万端でアシスタント専用のデスクについて待っていると、執務室のドアがガチャリと開き、背の高い男性が入ってきた。

銀縁のメガネに黒い髪をふわりとうしろになでつけている。

先輩が好きそうな細身の三つ揃いスーツ。おそらくオーダーメイドのそれは、均整の取れたその人の身体に合っていた。スーツに関しては、わたしも先輩に影響されているのですこしだけうるさいかもしれない。

「はじめまして。本日よりアシスタントを務める上野奈々生です」

そう挨拶しながらゆっくりとお辞儀をする。秘書課研修でのお辞儀の指導は厳しくて、この角度とエレガントさを会得するのはなかなか大変だ。

なのでそのことばかりに気を取られ、あまり彼の顔を見ていなかった。

ゆっくりと頭を上げると、その人がやさしげな笑みを浮かべながら歩み寄ってくるのが見えた。

あれ？　黒い髪にメガネをかけているのですぐにわからなかったけれど、この人って……

「カ、ナちゃん？」

「言っただろう？　奈々。すぐに逢えるって」

頬に押しつけられたスーツの硬い生地の感触……。わたしはすでに彼の腕の中にいた。

「どうして……なんでカナちゃんが？」

一瞬、事態が理解できなかった。その間、抱きしめられたまま呆然として息を呑む。

わたしがここで対面するのは、新しい上司のはず。

それなのにカナちゃんがいるってことは……彼が綱嶋奏ってことなの？

——そんな……カナちゃんが、義姉の婚約者だったなんて！

昨日再会できた時はうれしくて堪らなかった。だけど、今日はうれしくないどころか怖くなる。

「は、離して……カナちゃん」

慌てて彼の胸元を押し返し、急いで彼から離れた。

もし誰かに見られたら……そう考えるだけで一気に血の気が引く。

「どうした？　顔色が悪いね。そんなに驚かせた？」

わたしは必死で横に首を振る。驚いたけれど拒んだ理由はそうじゃない。彼が義姉の婚約者なら、こうして抱きあうなんてダメに決まってる。

「どうして……綱嶋なの？　カナちゃんは水城奏じゃなかったの？　下の名前だっ

て……！」

「亡くなった母の兄が綱嶋の社長だったんだ。養子になった時に名前の読みもそうに変えたんだ……昨日は黙っていて悪かったよ」

「なんで昨日、そのことを言ってくれなかったのよ！」

カナちゃんが綱嶋奏になったと聞いていれば――昨日のキスを受け入れたりしなかったのに！

「ごめん。急いでたんだ。それに昨日は奈々が僕を待っていてくれたことがうれしすぎて……話す余裕がなかった。それに、会社で話したほうが現実味があるだろ？　僕が綱嶋だって」

確かにそうだけど、まさか……知らなかったの？　わたしが自分の婚約者の義妹だってこと。

知らずに逢いに来たの？　アシスタントにしたのも、わたしが幼馴染（おさななじみ）だったから？

「怒ってるのか？　待たせてごめんよ。だけど、これからはずっと一緒にいられるから」

これからも一緒にって……仕事上はそうかもしれない。だけど婚約している身でありながら、どうしてそんなことが言えるの？　わたしならなんでも言うことを聞くと思った？　義姉（あね）を妻に迎えて、わたしを愛人にでもしようっていうの？

「奈々？」

ううん、カナちゃんはそんなことを考える人じゃない。そう信じたい。

でも、わかっていることがひとつだけある。――この人を好きになってはいけないってこと。

義姉の婚約者に横恋慕するわけにはいかないのだから。

だけど……ずっとまえから好きだった場合はどうすればいいの？

昨日ようやく初恋の人と再会できておおよろこびしたばかりなのに、こんなにもすぐ失恋気分を味わうなんて。これからはその想いを隠し続けなければならないなんて……まるで拷問だ。

「あのっ……」

ダメだ、泣くな！　言わなきゃいけないと決めていたことがあるのだから。

今日は、総務に戻してもらえるよう頼むつもりでいた。笑顔で、穏便に話すつもりでいたのに。

――もう、この恋が叶うことはない。

その事実がわたしから感情のコントロールを失わせた。

鼻の奥がツンとして、自分の顔が歪んでいくのがわかる。

口を開くと嗚咽が込み上げてきて、それを全部呑み込もうとして……失敗した。

「ふぐっ……ううっ」

必死で維持した笑い顔のまま、ポロポロと涙が零れ落ち嗚咽を溢れさせた。

「泣かないで。奈々に泣かれると弱いんだ。悪かったよ、黙っていて」

彼の手がふたたび伸びてきて、思わず唇にキスされると思い構えてしまったけれど、カナちゃんはわたしの頭を抱え込んで髪にキスすると、ふたたび抱きしめて何度も頭を撫でた。

やめてよ！　婚約者がいるのに……。ああもう、だんだん腹が立ってくる。苦しんでいるのはわたしだけなの？

「そうじゃ……ない！　なんで……もうっ」

「頼むから説明させてほしい」

説明？　婚約してることを？　あんまり聞きたくないけれど……

「昨日はきちんと話せなくて悪かったよ。今はまだ、奈々と再会したことを、監督たちに知られる訳にはいかないからね」

腕から逃れようとするわたしを抱え込んだまま、カナちゃんは諭すように話しはじめた。

「やっぱり、おじさんたちがカナちゃんからわたしへの手紙や電話を止めてたの？」

「ああ、何度か手紙を書いたし電話もしたよ。だけど取り次いでもらえなかったんだ」

それじゃ、やっぱり昨日カナちゃんが帰ってきていることは言わなくてよかったんだ。

もっとも、彼が義姉の婚約者、綱嶋奏と知った今、おじたちに言えるわけがないけれど。

「僕も途中で諦めて連絡しなくなってしまった。会いに行きたくても、引き取られた親戚の家はすぐに出てしまったから……そんな余裕もなくてね」

えっ？　そっちの話？　説明って婚約の件じゃないの？

いずれにしても、今までカナちゃんがどうしてきたのかも聞きたかった。

「僕を引き取った親戚の奴らは母の残した保険金が目当てで、入院費や葬式代でほとんど残っていないと知ると、高校に行かず働けと言い出したんだ。定時制でもいいから行かせてほしいと訴えてもダメだった」

「そんな、カナちゃんは昔から勉強が好きで、成績もよかったのに……」

わたしが小学生の頃、よく夏休みの終わりにチームのＯＢたちが、おじの家に勉強を教えに来てくれた。泊まりがけで来ることもあり、合宿のようですごく楽しかった思い出がある。

ＯＢの中で一番頭がよかったのは、七つ上の誠兄。現在はＩＴ系の会社の社長さんだ。慎兄はその会社を立ち上げから手伝って、そのまま就職している。

誠兄の次に頭がよかったのがカナちゃんだ。慎兄も要領がよくて頭はいいけれど、真面目に勉強しないし教える時もすぐに怒り出すから……わたしはいつもカナちゃんに教わっていた。

カナちゃんはやさしくて辛抱強くて、教えるのもすごく上手だった。

「住み込みで働きながら定時制の高校へ行こうと考えて、保証人になってくれる人を探して、母方の戸籍を辿って綱嶋に行き着いたんだ。最初は疑われたし歓迎もされなかったよ。だが伯父は、ある条件を呑むなら学費と生活費の援助をしてやると言ってきてね……その条件がこれだよ」

そう言って自分の目と髪を指差した。

「髪と目の色を変えること。両親や過去を知っている者とは連絡を取らないこと。そして名前の読みを『かなで』から『そう』に変えるように言われたんだ」

「名前には、カナちゃんのお父さんの想いが込められていたのに」

亡くなったカナちゃんのお父さんはピアノ弾きで、『かなで』という名前はお父さんが残してくれた唯一の遺産だと話してくれたことがあった。それなのに……

「伯父は、父がハーフだったことや、母が夜の仕事をしていたことが気に入らなかったんだ」

「そんな……カナちゃんの瞳の色、すごく綺麗なのに」

そっと覗き込むとコンタクトが入っているのがわかる。わたしの大好きなあの瞳の色が隠されているのには、そんな理由があったんだ。

「奈々がいつもそう言ってくれたから、僕は自分を嫌いにならずにいられたんだよ」

カナちゃんは幼い頃から外国人の子と言われ、小学校に入るまではかなりいじめられていたそうだ。だけど慎兄と仲良くなって、野球をはじめてからはなくなったらしい。

「あの頃から、奈々は僕の心の支えだったよ。どんな時も笑っている君を思い出すだけで、僕はこれまでずっと頑張ってこれたんだ」

カナちゃんはわたしの顔を覗き込むと、やさしく微笑んだ。

昨日と髪や目の色が違っていても、他は皆同じだ。昔と変わらないやさしい顔立ちに表情、ソフトな口調にやわらかい仕草。それらに大人の色気みたいなものが加わって、ドキドキして頬が熱くなるのが止まらない。

——でも、大事に思われていたとしても、義姉を選んだのならときめいている場合じゃない。

たとえどれほど彼を好きでも諦めなければ……そう考えるとふたたび涙が溢れてくる。

「そんなに可愛い顔をして泣くなんて反則だよ。会社では我慢するつもりだったのに……」

俯いたわたしの顎をやさしく掴んで持ち上げ、彼はゆっくりと顔を近づけてきた。

「今度は昨日みたいなお子様のキスじゃすまないよ。大人のキスって、わかる？」

大人のキスってどんな？　と考える間もなく彼の唇が近づいてくる。

後退りしたけれど、うしろにあった自分のデスクに追い詰められ、それ以上逃げられない。そして彼の腕に捕らえられたまま、ふたたびキスがはじまってしまった。

「んんっ……っ！」

昨日と違って何度も角度を変えながら唇を押し当てられて、まるで食べられてしまいそうな勢い。

腰と頭を固定されているので、苦しくても逃げられない。

ダメだよ！　婚約者がいるのにキスなんかしちゃ……

これが本気のキスだってことぐらい、わたしにだってわかる。それなのにその唇を、手を、本気で払いのけられない。濡れた舌先を拒めない。

それどころか、こんなふうにされても嫌じゃない……。いくら相手がカナちゃんでも、義姉の婚約者なのだから受け入れちゃいけないというのに！

「……っ」

後頭部に回されていた手が、わたしの髪を撫でながら耳朶をやさしく撫でていく。その途端、腰のあたりにゾクゾクと震えが走った。

――これはなに？　なんなの？

はじめての感覚に怯えた。

彼の指はわたしの首筋をなぞり、背中を流れ強く掻き抱く。

その間もキスは止まず、何度も角度を変えてわたしの唇を食み続けていた。やさしく、だけど逃げられないほど執拗に繰り返される。

「好きだよ、奈々……ずっとこんなキスを君にしたかったんだ」

好きって……婚約者は？　義姉のことはどうなっているの？

「こっ……んん！」

一旦離れて質問しようとした瞬間、開いた唇の間から彼の舌先が潜り込んできた。顎を掴まれ、そのまま彼の舌に口内を蹂躙されてしまう。

粘膜と粘膜を擦り合わせ……内側を共有する、これが大人のキス？

この先を知らないわたしでも、なにを目的とするキスなのかわかってしまう。全身を密着させられ、そのまま彼に食べられてしまいそうで……怖かった。

逃げたいのに逃げられない。だけどそろそろ酸欠で限界。

「んぐっ、んんっ！」

苦しくて息ができなくて、彼の胸を叩いた。脚に力が入らなくて、どうすればいいのかわからない。腰砕けって、こういう状態のことを言うの？

「奈々、鼻で息しないと死んでしまうよ？」

うれしそうな顔をして言うけれど、急にそんな芸当ができるはずないじゃない！　ついさっきまで、やさしく触れるだけのキスしか知らなかったのに……

「っ、やっ……やめてっ！」

彼の胸を押し返し、ようやくその腕の中から抜け出すことができた。けれども脚はガクガク。彼が身体を支えてくれなかったら、床に座り込んでいたはずだ。

「そんなに嫌だった？」

覗き込んでくる心配そうな彼の顔があまりにも近くて、驚いて思わず首を横に振る。

キス自体は嫌じゃなかった……

だけどダメなものはダメ！　たとえ幼馴染でも、約束でも、婚約者の義妹にキスなんかしちゃダメに決まっている。こんなの……許されるはずがない！

「なんで……どうしてこんなキスするのっ！」

腰を固定されて動けないながらも、必死で腕を突っぱって距離を作る。このままじゃ、またこの腕に取り込まれてしまう。

「我慢できるわけないだろ？　昨日だってどれほど自分を抑えていたことか。大人になった奈々が僕を待っていてくれたんだ。ようやく我慢しなくて済むんだよ？」

我慢できないほどわたしとキスしたかったの？

その時わたしの中に罪悪感と、ほんのすこしだけ優越感が生まれた。たとえ一瞬でも彼が義姉よりもわたしを選んでくれたことが、義姉には決して敵わないと思っていたわたしに、すこしだけ自信を持たせていた。だけど同時に、そう思ってしまった自分に嫌悪を感じてしまう。

「お願いだから……これ以上なにもしないで」

「どうして？　こんなに僕のキスに応(こた)えてくれているのに？」

ねえ、なんでそんなうれしそうな顔してるの？　すこしは申し訳ないと思わないの？

自分は婚約しておいて……勝手すぎるよ！

「僕だけの奈々……もう二度と離さない」

「やっ……んん！」

ふたたび引き寄せられて、キスがはじまってしまう。わたしを離さないその腕は強引で、先程より更に激しくて。熱い粘膜に絡め取られたまま、なにも考えられなくなっていく。

キスって……こんなに生々しいものなの？

「ああ……奈々の全部を僕だけのモノにしてしまいたいよ」

その言葉にハッとする。それってキス以上のこと？　ダメ……絶対に許されない！

わたしは最後の理性をかき集め、必死で彼を引き離しながら叫んだ。

「なっ、なに言ってるのよっ！　婚約してるくせに！」

カナちゃんはその言葉でようやく我に返ったのか、表情が一瞬にして曇った。

「それは……違うんだ、奈々」

なにが違うの？　わたしの義姉(あね)と婚約しているくせに！　と、告げようとした瞬間、執務室の内線が鳴った。

わたしは反射的にうしろを向いて、すぐそばにある受話器を取った。脚に力が入らなくてふらつくけれど、必死でデスクにしがみついて、できるだけ平静を装う。

「経営企画部統括部長室です。……はい、出社されています。わかりました。すぐに向かうよう、お伝えいたします」

そう答えていったん電話を切り、それから彼に向き直る。

「統括部長、役員会がはじまるので、至急会議室まで来るようにとのことです」

精一杯、仕事用の声で伝える。

「もうそんな時間か……。奈々、婚約のことはきちんと解消できてから話すつもりだったんだ」

「いいから急いでください！」

早くひとりになって頭を整理したかった。そうでなきゃ、どうしていいのかわからない。

「わかった……それじゃ行ってくる。昼も社長と約束があるから戻れないけれど、終業後必ずここに帰ってくるから。その時にゆっくり話そう。それまで待っていてくれるよね？」

やさしい言い方だけど、有無を言わせぬニュアンスだった。

「……わかりました。それでは、いってらっしゃいませ」

かしこまって部屋から出ていく彼を、深くお辞儀しながら見送る。

彼の姿が見えなくなると、そのままへなへなと床に座り込んでしまった。

「どうしよう……またキス、しちゃった」

義姉の婚約者とキスするだなんてシャレにもならない。もし誰かに見られたら言い訳できない。

「このままじゃダメだよね」

きちんと話しておかなければならない。義姉とわたしのことを。さっきのキスを……なかったことにはできないけれど、もうしてはいけない。

わたしは力の入らない身体を起こし、よろよろとデスクに戻る。そして酷い罪悪感を抱えたまま仕事に就くしかなかった。


「ちょっと待って、綱嶋さんが初恋のカナちゃんだったって……どういうこと？」

お昼休み、執務室で大声を出す邦の口を、わたしは慌てて塞ぐ。

本来執務室には勝手に人を入れてはいけないけれど、緊急事態なので大目に見てもらいたい。ＳＯＳを出したわたしを心配して、真木先輩と邦がこっそり訪ねてくれたのだ。

「そうよ、ちゃんと説明しなさい！」

先輩に命令され、洗いざらい吐かされた。カナちゃんが綱嶋さんだったこと、昨日カナちゃんに再会したこと。その時キスされたことは黙っていたのに、邦にカマをかけられてバレてしまった。

「それにしても婚約者のいる身で奈々生に手を出したのは許せないわね。二股かけようだなんて……綱嶋くんを見損なったわ」

カナちゃんを不実な人だと思いたくないけれど、昨日今日の行動だけ見るとそういうことになる。

けれど不実なのはわたしも同じだ。キスを受け入れてしまったのだから……

「いっそのこと、お義姉（ねえ）さんから取っちゃえば？」

「な、なに言い出すのよ。邦ってば……」

「だって、その女は今まで奈々生のものをいろいろ奪ってきたんでしょ？　だったら、ひとつぐらい奈々生がもらってもバチは当たらないんじゃない？　綱嶋さんだって、その気みたいだし」

邦の言葉に思わずドクンと胸が鳴った。——本当に奪っていいの？　大好きなカナちゃんと、これからの未来を夢見ても許されるの？

「相変わらず過激な発言だけど、それはいい考えね。邦」

「先輩まで、なにを言ってるんですか」

「でしょ？　これからずっと仕事で一緒にいるんだったら勝てる！　奈々生でも誘惑で

きるって！」

相変わらず邦は強引な考え方をする。いいなと思った人にカノジョがいても、とりあえずアタックするのだ。本人同士が本気の恋をしていたらなびいてくるはずがないからと。邦のそういうタフなところは、すごいと思うけど……

「無茶なこと言わないでよ。わたしがあの義姉に勝てるはずないじゃない」

そう、無理に決まっている。義姉は容姿も学力も申し分なく、そのうえ宮之原という家のうしろ盾もあるのだ。父だって、実の娘のわたしより彼女を選んだのだから。

それにもし奪えたとしても、今度はわたしが言われるのだ。

――義姉から婚約者を奪った女だと。

それだけは嫌だった。婚約者のいる人を奪うなんて非常識で不道徳な行為だ。された側はどんな思いをするのか、母を間近で見てきたわたしが一番よく知っている。だからこそ……絶対にしたくなかった。

「なんで諦めるの？　奈々生にキスしてきた時点で半分勝ってるようなもんだよ？」

「勝ち負けじゃないよ……」

だからさっきのキスも、この想いも……さっさと忘れたほうがいいに決まっている。

「まだ結婚してないんだからいいじゃん！　奈々生をアシスタントに指名した時点で、むこうもその気だと思うよ？　婚約解消させて、そのあと付き合えばいいんだって」

そんな強引なことを……邦はいとも簡単なことのように言ってのける。

「奈々生はどうしたいの？　全力で奪うもよし、さっさと初恋にケリをつけて次に進むもよしだよ？　あんたは自分で思っている以上に魅力的なんだから、すこしは貪欲になりなさい。本当に欲しいものは、欲しいと言わなきゃ手に入らないのよ？」

口に出して願えば手に入るのだろうか？　あの義姉のものでも？

「やっぱり無理。奪うなんて……わたしは可愛くないし、あの義姉に敵うはずがないから」

「なに言ってんの！　奈々生は充分可愛いよ。その気になれば奪えるってば！」

「邦は義姉を見たことがないからそんな風に言えるのよ」

義姉は子供の頃から本当に可愛かった。実際に彼女を見れば、わたしを可愛いなんて言えなくなるはずだ。

「それに、男の人にモテたこともないし……カレシもいたことがないのに、奪うとかないよ」

「それは奈々生がそういう場を避けてきたからでしょう？　合コンにも行かない、紹介もいらないじゃ作る気がないとしか思えないわ。きっと初恋の彼が忘れられないんだろうって解釈してたけど」

確かに先輩の言うとおりかもしれない。わたしがそう確信したのは昨日だけれど。

「まあ、軽い気持ちで奈々生に手を出そうとする男には渡さないけどね。――とりあえず綱嶋さんにも粉かけて反応を見ようか？　基本、あたしが誘ってグラつく男は却下だから」

「えっ？　邦、どういう意味……」

「しょうもない男は近づけないってこと。あたしが男なら絶対に奈々生を選ぶもん！　人の悪口は言わないし、あたしなんかとも偏見なく付き合ってくれる、すごくいい子だからね」

邦は他の女性社員からあまり評判が良くなかった。付き合ってる人がいる相手でも平気で取ると噂されているようだ。だけど彼女は不倫はしないし、二股もかけない。ただ、本能に忠実なだけ。

「ちょっと邦。あんたが奈々生大好きなのはわかってるけど、今回はそこまでする必要ないわよ。綱嶋くんにもなにか理由があるかもしれないもの。まずはちゃんとふたりで話すといいわ」

「そうですね……そうします」

「きっと、綱嶋さんはその女と婚約したことを後悔してるよ！」

たとえ婚約破棄したとしても、義姉(あね)と婚約していた事実を消すことはできない。わたしにとって、そのことが最大のネックだった。

「それにしても……前から気になってたんだけど、奈々生の自己評価って低すぎるよね？」

「先輩、いきなりなにを言い出すんですか」

「うん。それは入社当時からあたしも思ってた。可愛いのに、自分のことをやたら可愛くないって言うし」

　だって本当に可愛くないもの。

「もしかして……奈々生の可愛いの基準って義理のお姉さん？　そして素敵な男性の基準が綱嶋くん？　それなら自分に自信がないのも、他の男性に惹かれないのもわかる気がするけど」

「そんなこと……」

　ないと思う。考えたことがなかったけれど。

「その宮之原美麗を取引先で見かけたことがあるけど、確かに綺麗な人だったわ。奈々生がわたしなんてって言うのは、ずっと彼女と比べてきたからよね？　その子のほうが可愛いから父親が選んだ。自分は可愛くなかったから選ばれなかったって思ってきたんでしょう？」

「それは……事実ですから。男の人にもモテたことないし」

「あのね、モテるのはとびきり可愛い子じゃなくて、男をどこまでも受け入れる女かどうかだよ。でないとあたしにいつも男がいることの説明がつかないでしょ？　真木センパイのほうがよっぽど美人で仕事もデキるのにさ。デキすぎても男は引くんだよねぇ？　センパイ」

「わたしを例えに出すなんて、いい度胸してるわね、邦。——でもそういうことよ。わたしはデキない男を許容しない。自信のある男だけ相手して、そうでない男は寄せつけないから。まあ、昨今気概のない男が多すぎるけどね」

「センパイの場合、威圧感ありすぎなんですよ。営業の人たちもビビってたじゃないですか」

「悪かったわね。使えない男が多くて辟易してるのよ……。そういう邦は恋愛を語るだけあって、努力は惜しまないものね。自分のことが嫌いなままでは誰かを好きになったりできないし、もし付き合っても相手に依存するだけだから……。奈々生の場合は入社当時からスレてないのが可愛くて、わたしらで囲っちゃった結果、ますます男から遠ざけちゃった節もあるのは申し訳ないけど」

入社当時から先輩に気に入られて、随分かまってもらった。お化粧やおしゃれの仕方とかいろいろ教えてもらえてうれしかった。本当のお姉さんがいたらこんな感じかなって……

「でもさ、合コンはあまり好きじゃないって言うから、男が苦手なのかと思えばそうでもないんだよね？　時々飲みに行ってるなんとかーズの仲間っていうのは男ばっかりなんでしょ？」

「ストライカーズは、わたしが昔所属してた少年野球チームなの。うちのおじが監督してて、今も近所に住んでる子が多いから。ＯＢのやってる居酒屋によく集まるんだ」

「その中に、いい男はいないの？」

「いないかな？　子供の頃から皆の変な面ばっかり見てるし、それにいつも慎兄が一緒だから」

「保護者つきか……そりゃダメだ。あの従兄のお兄さんは手強いからね。前に粉かけてみたけど、完全にスルーだったわ」

　邦と慎兄は恋愛に対するスタンスが近いから、気が合うと思ってたけどそうでもなかったんだ。

「邦……あなた奈々生の従兄にまで手を出そうとしてたの？」

「でも、センパイはその彼と連絡取り合ってるんでしょ」

「それは……まあ、奈々生のこと頼まれてるから。変な男を近づけるなって煩いのよ、あの男は」

　入社してすぐの歓迎会の時、酔って帰れなくなって先輩の部屋に泊めてもらったことがあった。

　翌朝、慎兄が迎えに来た時に、ふたりは連絡先を交換したらしい。それ以来先輩と一緒のお出かけやお泊まりはお許しをもらえるようになった。

「とにかく、奈々生は自分にもっと自信を持たなきゃダメだよ。まずはそこから！」

「そうだね。そういう意味では、奈々生が気を許してる綱嶋くんが相手として一番ふさわしいんだけどね」

確かにそうかもしれない……。だけど、このまま想い続けてもどうにもならない。

「いいんです、もう。婚約してる人のことをいつまでも想っててもしょうがないですから。さっさと諦めて新しい恋を探します。先輩、前に誰か紹介してくれるって言ってましたよね？」

「言ったけど……まあいいわ。奈々生がその気なら、前から邦に頼まれてた営業部のやつらと総務の合コンを設定するわ。女としての自信をつけるには実地で経験積むのが一番だからね」

「えっ、でもわたしもう総務じゃないですけど……」

「なに言ってんの！　今でも総務の一員みたいなものよ。来月の営業との合同慰安旅行だって、元々奈々生が幹事をやってたんだから、参加に決まってるでしょ」

確かに旅行はわたしが担当して、手配と準備はほとんど終わっている。異動になったのであとのことは邦に頼んでおいたけど、参加費も支払い済みだし、先輩がそう言ってくれるなら参加させてもらおうかな。

「よかったぁ！　奈々生がいないと寂しいもん」

邦がうれしそうに抱きついてくる。こういう感情表現がストレートなところが可愛いんだよね。

「今週は出張者が多いから合コンは来週になるけど、金曜の予定を空けておくこと。誰もお持ち帰りされなかったら、そのままうちでお泊まり会ね」

社内の合コンでお持ち帰りとかないと思うけど、先輩たちとの飲み会は楽しみだ。

早くカナちゃん以外に意識を向ける相手を探さなきゃ……だってこのままじゃつらすぎるもの。

4　甘いキス

「遅くなって、ごめん。待たせたね」

彼が執務室に戻ってきたのは、夜の八時を回った頃だった。

「いえ。これも仕事ですから。留守中の伝言、連絡事項はこちらです。経営企画部から上がってきた書類はこちらに揃えてあります」

「えらく他人行儀だな。怒っているのか？　奈々」

「そんなこと……ありません」

聞きたいことは山ほどあったけれど、まずは仕事が優先だ。仕事中は上司と部下、言葉遣いもケジメはつけておいたほうがいいと考えていた。

けれど遠慮なく近づいてくる彼の顔を直視できなくて、思わず視線を逸らしてしまう。

彼がどういうつもりであんなキスをしたのかわからないけれど、婚約者がいるのは事実。邦や先輩の言うように義姉から奪うなんてできっこない。かといって、このまま彼の下で仕事を続けるのも無理。だから選ぶ道はひとつ。

「あの、お願いがあります……」

「いいよ。奈々のお願いだったら、なんでも聞こう」

うれしそうな顔をしてこちらを覗き込んでくるけれど、そんなにいい話ではない。

「……アシスタントは、他に誰か代わりを探していただけませんか？　いずれ退職するつもりですが、できればそれまでの間だけでも総務に戻していただけたら助かります」

予想通り、彼は一瞬にして不機嫌な顔になってしまった。

「退職って、そんなに僕の下で仕事をするのが嫌なのか？　奈々」

「違います！　本当はこの会社でずっと仕事がしたいです……。だけど、そういうわけにはいかないでしょう？　お願いですから、義姉が帰国するまでに退職させてください！」

「ちょっと待ってくれ……なにを言ってるんだ？　姉って？　奈々にお姉さんなんて……」

　そこまで言いかけて、ハッとした顔をする。やっぱり知らなかったんだ。

「宮之原美麗はわたしの義理の姉です。父の再婚相手の子にわたしが嫌われていたことも、どんな目に遭わされたかも……カナちゃんは知ってるよね？」

「ああ、覚えているよ」

「だったら……あの人が未来の社長夫人になるなら、このままこの会社に、カナちゃんのそばになんていられないよ」

「奈々、違うんだ。そのことは……」

「違わないよ！　いくらカナちゃんのことが好きでも、婚約者のいる人なんて……ましてや義姉の婚約者に想いを寄せるなんて許されないでしょ？　カナちゃんがどんなつもりなのか知らないけど、これ以上一緒にはいられない。今朝だって……もう、ああいうことしちゃいけないと思うの」

「奈々……」

「きちんと立場はわきまえます。ただ、やっとカナちゃんに逢えたのに、すぐに忘れるなんてできないから……せめてもうしばらくの間、想うだけでも許してほしいの」

「悪かった。……くそっ、僕の失態だ」

両肩を掴まれ、真剣な彼の顔が目の前に固定される。

「本当はきちんと婚約解消してから言うつもりだったんだ。僕と美麗の婚約は便宜上のもので、お互いに結婚するつもりはない。彼女とは、帰国前にきちんと話がついている」

「——あの……どういう、こと？」

一瞬耳を疑ってしまった。便宜上って、なに？　義姉と結婚……しないの？

「僕が海外勤務することになった原因を知っているね？　当時あの事件の影響で社内が騒がしくなり、僕の管理責任もかなり問われた。それは独り身でいるせいだと、周りから見合いを勧められて……その相手が宮之原美麗だった。彼女から偽装婚約の話を持ちかけられて、僕はその話を受けたんだ。あの頃は、奈々のことは完全に諦めていたし、婚約も結婚も会社の利になるなら、偽装でも本物でもかまわないと思っていたから」

偽装……それが本当なら、カナちゃんを諦めなくてもいいの？

違うよね、そんな簡単なわけがない。

「義姉は……どうして偽装婚約なんて言い出したんですか？」

「彼女も当時、上司との仲を奥さんに疑われて困っていたそうだよ。その人と一緒の海外勤務が決まり、自分に婚約者でもいれば疑われずに済むからと持ちかけられた。ちょうどその頃、僕にも海外勤務の話が持ち上がっていたから都合がよくてね。僕らはどちらかが婚約している必要がなくなるまで、もしくはお互い本当に結婚したい相手ができるまでという条件で偽装婚約をしただけなんだ」

「それじゃ、義姉とはその……そういった関係じゃなかったの？」

「あ、ああ……僕たちの間に恋愛感情は存在しないよ。ただ今回僕がいきなり婚約解消を申し出たが、彼女はまだ海外勤務中で、その準備ができていないので、公にするのはすこし待ってほしいと言われたんだ」

　そういう事情だったんだ。でもわたしがカナちゃんのアシスタントになったと知ったら、義姉がどういう態度に出るかわからない。

「彼女が奈々の義理の姉だなんてまったく知らなかったんだ。偽装婚約の話を先にすべきだったのに、嫌な思いをさせて本当に悪かったよ。奈々」

「今朝カナちゃんが上司として現れた時はすごくショックだったよ……。昨日、なにも言ってくれなかったから、余計に」

「これから一緒に仕事して、毎日逢えるのがわかっていたから言わなかった。驚かせようと思っていたし。それに……昨日は車の中から奈々の姿を見るだけのつもりだったんだ。なのに奈々の姿を見たらつい、我慢できなくてね。キスしてるところを監督やおばさんに見られたら困るのに、止められなかったよ」

「どうして困るの？　なんでおじさんやおばさんに知られたらいけないの？」

「引っ越す時、おばさんに言われたんだ。将来、奈々は慎と結婚させるつもりだから、もう連絡しないで欲しいって」

「そんな、慎兄と結婚だなんてありえないのに！」

「監督たちは本気だったらしい。中学に上がった頃から何度か、それとなく釘をさされていたんだ。あんまり遊びに行かなくなっただろ？　その分、慎が僕のところへ息抜きに来てたけど」

確かに、カナちゃんは中学に入ってからあまりうちに来なくなった。

「引っ越してから、手紙も何通か書いた。だけど奈々の手元には届いてないだろ？　電話をしても取り次いでもらえなかったし、無理して逢いに行ったところで無駄だと思ったから……奈々を幸せにする力をつけて自信がついたら迎えに行こう、そう思っていた」

高校は全寮制で、休日は社長の下で勉強していたそうだ。その後、海外の大学に進んだという。

「MBA取得後、帰国して真っ先に奈々のところへ逢いに行ったよ。だけど奈々はスーツ姿の慎にエスコートされて……あいつが車のドアまで開けてるのを見て、もう遅かったのかと一度は諦めた。本当にお似合いだったから」

車のドアを開けてって、慎兄がそんなことしてくれたのは一回きり。

「……それって四年前の一月？　慎兄がそんなことしてくれたのは成人式の日だけだよ！」

その日だけはレディ扱いしてやるって、珍しく会場までスーツ姿で送ってくれた。そのあと、会場にいる綺麗な子をナンパしてたけど……

「成人式？　確かそのぐらいだったか？　そのあとおばさんに会って、はっきりと言われたんだ。『奈々ちゃんは慎一と付き合っていて婚約した。だからもう会いに来ないでほしい』とね」

「どうしてそんな嘘を……」

「よほど、慎と奈々を一緒にさせたかったようだね」

おばがそう望んでることは知ってたけど、そこまでするなんて信じられない。

わたしにとって母代わりで、誰よりもわたしを可愛がってくれたのに……

「そんな、慎兄とは付き合ってないし、婚約もしてないよ！」

「ああ、今回帰国する前に慎から聞いたよ。そのことを知った時、僕がどれほどうれしかったか、わかるか？」

カナちゃんの手がそっとわたしの頬を撫でる。やさしく、慈しむように。

「この四年間、完全に諦めて過ごしてきた。だけど奈々の名前をアシスタント候補の名簿の中に見つけた時、どうしても気持ちを抑えきれなくて慎と連絡を取ったんだ。婚約が嘘だったと聞いて、すぐに奈々をアシスタントに指名して、急いで帰国した。残りの仕事を部下に全部押しつけ、婚約解消の話もつけてね。奈々の気持ちが変わっていなかったら、奈々を全力で僕のモノにすると決めていたから」

「カナちゃ……んんっ」

あっという間に引き寄せられ、キスされていた。彼の唇は、何度も角度を変えて吸いついてきて離れない。

今朝のキスよりさらに激しく、甘かった……。身体も密着してるし、わたしを掻き抱く手つきが貪るようで激しいというか、いやらしいというか。

だけど義姉と恋愛関係ではなかったとはいえ、彼は世間的には婚約したままだ。もし誰かに見られたりしたら大変だ。

「ダメだよっ！　カナちゃんはまだ婚約してるんだよ？」

カナちゃんの舌先がわたしの口内に入り込もうとした瞬間、慌てて彼の胸を押し返して叫ぶ。

彼は婚約をなかったことにしているけれど、そんなわけにはいかない。それに、義姉が承諾しても継母がどう思うか……娘が婚約破棄して、その原因がわたしにあると知ったら？　一方的に継母に責められた、幼い日のことを思い出す。

「こんなにキスしたくて堪らないのに？　奈々は意地悪だな」

「それでも、ダメだよ」

キスしたい気持ちはわたしも同じだ。だけど、やっぱりこんなのよくない。

「わかった。それじゃきちんと婚約解消するまでは、できるだけ我慢するよ」

「う、うん。そうして」

なんだかすこし寂しい気もするけれどしかたない。

「だが、上司と部下として食事するぐらいはいいよね？」

「それくらいなら許されると思うけど」

「今からレストランを予約……は無理か。今日はこのあと会食があるし。奈々、明日の予定は？」

「明日も明後日(あさって)も、その次の日も、今週の夜は会食や会合の予定が入っています。来週も木曜までは――」

「それじゃ、金曜日は？」

あっ、その日は……営業部の人たちと合コンする日だ。

「すみません、その日はちょっと……営業と総務の合同飲み会に誘ってもらってて」

さすがに合コンですとは言いにくかった。

「へえ、飲み会ね……奈々はもう総務じゃないのに行くのか？」

「い、行きますよ。今回は急な異動だったので、関係なく参加していいって言われてるんです。来月合同慰安(いあん)旅行があって、金曜日の飲み会はその顔合わせ的な意味があるからって」

それは本当だ。意味合いはそれで合ってるはず。

「それじゃ、その慰安旅行も参加するつもり？」

「……そのつもりですけど、ダメですか？」

なんでムッとした顔するのよ。まるで拗ねてるみたい……すこし可愛いけど。

「嫉妬してるだけだよ。男も一緒だろうから。他の男に取られたらって心配しちゃいけないか？　僕のモノになるまでは不安で堪らない。できることなら僕のモノだという印をつけて行かせたいぐらいだ」

「そんな……わたしはモテないから大丈夫だよ？」

きっとモテるのはカナちゃんのほうで、心配なのはこっちだ。

「いいよ、今は我慢する。きちんと婚約解消するまでは、できるだけ上司として、幼馴染として接しよう。だけど全部片づいたら――本気で奈々を奪いに行くから、覚悟しておいて」

「えっ、覚悟……って？」

「婚約解消して奈々と付き合うのだから、当然結婚前提だと思ってほしい。きちんと片がついたら、その時は奈々をくださいと監督に挨拶するつもりだから」

「あの、それって……」

もしかして『娘さんをください』的なやつ？　さっきの覚悟っていうのもプロポーズ

みたいなものだよね？　その早い展開に面食らってしまう。たとえ幼馴染でも、再会してまだ二日目なのに……早すぎない？

「奈々がうんと言ってくれたら、今度こそ誰になんと言われても諦めたりしないよ。奈々を一生離さない」

　いつの間にかふたたび腰を抱かれて引き寄せられていた。

「あの、さっき我慢するって言ったよね？」

「キスは我慢する。だけど、これはまだセーフだよ」

　なんだかすごく不敵な笑み。こんな笑い方するカナちゃんは知らない。ゾクゾクするほど艶っぽい。今にも喰べられてしまいそうで、すこし怖い……

「怯えてるの？　だけどその顔は誘ってるようにしか見えないな。社内でそんな顔していたら……危ないよ」

「危ないって？」

　慌てて彼の胸を押して距離を作るけど、離してもらえない。

　カナちゃんはクスクスと笑ったままで……なんだかズルイな、余裕がありすぎて。

　それってやっぱり大人だから？　経験豊富だから？　そう思った瞬間、ズクリと胸が痛んだ。

　そう……だよね？　こんなにも女性の扱いに慣れてるカナちゃんが、まったくの未経験だなんてありえない。

　不意によぎる見えない女性の影に嫉妬してしまった。そんな資格ないのに。

　わたしはまだ彼のカノジョでもなんでもない。問題が山積みで、それが解決しないことにはふたりの関係は進まない……

　その時、ブーンと彼の内ポケットの中が震えた。携帯のバイブレーションだ。

「社長からだ……。チェックしたい書類があるからと言って、会食までの間抜けてここへ来たんだ。必ず帰ってくるって奈々と約束しただろ？」

「早く戻らないと！　役員の皆さんをお待たせしちゃダメじゃない！」

「本当は奈々を家まで送って行きたいんだけどね」

「そんなのいいから！」

「まだ奈々を充電不足なんだけど」

「もう、なに言ってるの」

「この十四年の間、ずっと奈々に逢いたくて堪らなかったんだ。ようやくそばに戻って来られたのに、離れたくないな……。だけど行くよ」

　スッとわたしの腰から手が離れた。解放され、触れ合ってた部分がすこし肌寒く感じる。

「また明日、奈々」

　額にキスを落とし、彼はふたたび部屋を出ていく。

額へのキスはいいのかと一瞬思ったけれど、言い出せないほど甘いその余韻に、しばらくの間そこから動けなかった。

「おはよう、奈々」

それから毎日、朝はおはようの挨拶と髪へのキスからはじまるようになった。

ダメだと言っても誰も見てないからと聞いてくれない。

帰国して新しい役職についたばかりの彼は忙しく、先週のうちに挨拶回りを終え、今度は経営企画部と会議室を行ったり来たり。終業後は社長に食事会や会合などへ連れ回されている。

毎朝顔を合わせる以外ゆっくり話せないいし、終業時刻になっても戻ってこられないことが多くて先に帰らされてしまう。わたしとしては、待っていてあげたいのに……

たまに日中戻ってきた時は『充電させて』とお願いされる。昔みたいに甘えた声で頼まれると断れなくて……正面から抱き寄せられたり、うしろから抱え込まれたり、膝の上に乗せられたり。

慌てて距離を取ろうとしても、腕の中に囚われて逃げられない。

仕事中だし、第一まだ婚約中だからダメだと言って逃れようとしても、なんだかんだと言いくるめられてしまう。

いいのかな……いいわけないよね？

いくら偽装婚約で近々解消予定だと言われてても、流されすぎていると思う。

それに、将来的にも心配なことがひとつあった。婚約解消が上手くいってそのあとカナちゃんと付き合うとしたら、世間的には義姉の後釜につくってことになるよね。周囲からはわたしが奪ったように見えるかもしれない。

カナちゃんのことは好きだけど、そのあとのことはどうしてもうまくいくとは思えなかった。


「ただいま、奈々」

「おかえりなさい。伝言はこちらです。この書類に目を通しておいてほしいそうです。返事は明日でいいからと」

木曜日、珍しく終業時刻前に戻ってきた彼は上機嫌だった。

「奈々。急だけど、これから食事に行かないか？　このあとなにも予定は入ってなかっただろ？」

「入ってないけど……それは時間がなくて家の荷物が片づかないからって、空けてもらったんですよね？　今日から日曜まで」

先週の帰国後からカナちゃんはまったく休みがなかった。

「明日の金曜は奈々が飲み会に行くんだから、今日は食事するぐらい、いいだろ？　僕と……そうだな、ふたりだけの懇親会だ」

確かに明日は飲み会と称した営業部との合コンだ。誘いに乗った時は出会いを求める気満々だったけど、今はもうその気はない。

カナちゃんの婚約が偽装だったことは先輩たちにも話したけれど、プロポーズされていることは話してなかった。いくらなんでも急すぎるし、義姉との婚約が解消する前にそんな話をするなんて、カナちゃんが不実に見られるかなと思ったから。

きちんと婚約解消できてから話すつもりだったので、今更合コンは断りづらかった。

「実はもう店の予約を取ってるんだ。美味いと評判のフレンチだよ」

えっと、部下を連れて行くにはちょっと豪華すぎると思う。

「もっと居酒屋みたいなところでいいと思うんだけど」

それなら、いかにも会社の飲み会って感じになるはずだ。

「フレンチは嫌いなのか？　奈々と行くはじめての食事だからと気合いを入れたんだが。うれしくてテンション上がってるのは僕だけ？」

またそんな拗ねた顔をして……オトコマエが台無しだよ？

「気持ちはうれしいけど、そんな素敵そうな店でふたりきりなのを誰かに見られたら困るでしょ？　カナちゃんは婚約中の身だし……」

「そう思うのもわかるが、格好つけたい僕の気持ちもわかってほしいな」

彼は疲れた様子で役員室のソファに腰を下ろし、両手を広げた。

「こっちに来てくれないか？　今日もかなり気を使って……すごく疲れてるんだ」

そう言われても、自分から行くのは躊躇われた。

「頼むよ。奈々が癒やしてくれないか？」

ほらまた。その困ったような笑顔にわたしが弱いって、わかってやってるよね？

しかたなく近づくと、手を引かれ膝の上に横抱きにされてしまった。

「なっ、ダメだよ……こんなの」

「どうして？　誰も見てないよ。昔はよく僕の膝の上に座ってたじゃないか」

「それは子供の頃の話でしょ！」

必死で下りようともがくけれど、やわらかな口調とは裏腹に彼の腕は、がっちりホールドしてくる。

「そんなふうに逃げられたら、さすがにへこむな。嫌われたんじゃないかって」

「そんな、嫌ってなんかないよ。でも……こういうのはよくないと思って」

「それは、たとえ偽装婚約でも婚約者と正式に別れるまでは触れられるのも嫌ってこと？　それとも罪悪感を持ってしまうほど僕のことが好きだから困るの？　僕は後者だとうれしいけど」

カナちゃんはにっこり笑いながら、わたしの顔を覗き込んでくる。

「どっちもだよ……。だってこんなところを誰かに見られたら、カナちゃんが浮気してると思われるんだよ？　わたしだって浮気相手だと思われてしまうんだから！　不倫とか浮気とか、そういうのは嫌なの……知ってるでしょ？」

そう、それが一番嫌だった。父がしたことで、母がどれほど苦しんだか見てきたから。

幼かったので母から直接聞くことはなかったけれど。いつも寂しげに病院のベッドで窓の外を眺めていた母の姿しか記憶にない。

「奈々は、お父さんと相手の女性のこと……今でも許せない？」

「そういうんじゃないけど、自分たちのことしか考えてない身勝手な人たちと同じことは、絶対にしたくないの。なのにわたしは……」

不倫や浮気なんて、どうしてするのかわからない。せめて別れてからすればいいのにと、ずっと思っていた。

それなのに今していることは、あの人たちと同じだ。きちんと別れるまで待てないなんて……もし義姉が婚約解消しないと言い出したら、今度はわたしが加害者になってしまう。

そう考えた瞬間スーッと血の気が引いた。

「そんな顔して……自分を責めるんじゃない」

カナちゃんは呆然とするわたしの身体をぎゅっと抱きしめ、やさしく頭を撫でてくれた。

「間違いを犯した人たちの肩を持つわけじゃないが、本当に好きな人を前にして想いを止めるのは簡単じゃない。僕だって奈々に、彼氏や好きな人がいるかどうかを確認する前にキスしてしまった。交際を申し込むならきちんと婚約解消してからだと決めていたのに。今だって……」

「わたしも……カナちゃんを諦められなかった。婚約してるってわかってたのに！　ダメなのに、キスされても嫌じゃなくて。そんな自分が嫌で……許せなくなるの」

あの人たちのことが許せない分、自分のことも許せなかった。

「奈々は悪くないよ。全部僕が悪いんだ。奈々が心にありながら偽装婚約を引き受けたことも、再会してからも奈々を求める自分を止められなかったことも。だから自分を責めないで。奈々が僕を好きでいてくれるなら、すべてのものから君を守るよ。たとえ誰が相手でも奪うつもりでいたからね。それが慎であっても」

「だから、慎兄とはそんなんじゃないって」

「わかっていても、離れていた間、奈々のそばにいたのは奴だから……嫉妬するんだ」

「わたしだって嫉妬するよ？　今までカナちゃんが触れてきた相手や、義姉にも……」

どれほど多くの女性が彼のそばにいたのかと考えてしまう。わたしたちは一緒にいた期間より離れていたほうが長いのに……

そのことを考えると不安になる。長い年月の間に、彼が変わってしまっている可能性もあった。

もしかしたら、偽装婚約の話も迎えに来てくれたことも全部嘘で……結婚するまでの間、昔自分に夢中だった馬鹿な女の子をつまみ食いしたかっただけとか……

――ダメだ。完全に慎兄の考え方に毒されてる。わたしが知ってるカナちゃんは、そんなことをする人じゃないのに！

彼は子供の頃から、感情を押し殺すところがあったけど、わたしの前では素の自分を見せてくれた。今日だって、拗ねたり甘えたり。そんなところはちっとも変わっていないように思える。

だから……大丈夫だよね？　信じていいよね？

「嫉妬されてうれしいなんてはじめてだよ。だけど奈々は婚約解消の件がはっきりするまで一線を越えたくないと思ってるんだよね？　それまでは我慢するつもりだけど、こんな風に可愛いことを言われると抑えきれなくなるよ。奈々が愛しすぎて……」

そう言ってきつく抱きしめられた。約束通りキスはない。

それでいいはずなのにわたしは、キスしてほしいと思ってしまっている。

でも、自分からしてほしいなんて……絶対に言えない。

「奈々が許してくれるなら、どんな状況でも最後まで奪うよ。その時は覚悟して。本気で嫌がらない限り、僕は止めないから」

笑ってるけど、その顔が怖いよ……カナちゃん。猛獣が舌なめずりしてるみたい。

「それはそうと、明日の飲み会も慰安旅行も心配だな。目を離した隙に、奈々が他の誰かのモノになってしまいそうで」

「大丈夫だよ。全然モテないって何度も言ってるでしょ？　カナちゃんのほうこそ心配だよ」

この二週間、無理やり用事を作って執務室に押しかけてきた女性社員がどれほどいたことか。

「本気でそんな風に思ってるのか？　困った子だな。こんなに無防備で、可愛いくせに。今まで無事でいたのが不思議なくらいだ。どれほど周りに守られてきたのかと思うよ」

「無防備じゃないよ！　それに守られてなんか……」

いたのかな？　おじさんおばさん、それから慎兄に誠兄やOBの皆。それから先輩に邦。いつでもわたしを大事にしてくれる人がいた。母が入院していても、父に捨てられてもなんとかやってこられたのは皆がいてくれたからだ。抱きしめて守ってくれる人たちがいたから……

すぐに人を信用するなって、慎兄やOBの皆にも言われるけれど、わたしの周りには信じられる人たちばかりだった。

カナちゃんだって……十数年ぶりに会ったけど、やっぱり守ってくれている。

「昔から奈々の周りは騎士だらけだったよな。誰もが君を守るから、奈々はどれほど傷ついてもすぐに復活して笑うんだ。――本当は、僕ひとりで奈々を守りたかった。ずっとそばにいられたら、可愛がって甘やかして大事に包み込んで、誰の目にも触れないよう隠せたのに」

さらにギュウッと強く掻き抱き、耳元で大きなため息。低くて甘い声とその吐息が耳に触れて身体がゾクリと粟立ってしまう。

「自分が怖いよ……一度奈々を手にしたら、きっと手放せなくなる」

「わたしだって……。やっと逢えたのに、離れるなんて嫌だよ」

幼い頃からカナちゃんが大好きで、ようやく再会できた。そのうえ想いまで叶ったというのに、今更諦められるのだろうか？

義姉の婚約者を奪ったと言われるのは怖い。だけど、つい自分に言い訳してしまう。先に好きになったのはわたしだし、十年以上想い続けてきたのだからと。それに……

「これまでもこれからも、カナちゃん以外に好きな人なんて、わたしにはできないと思う」

言っちゃった……抱きしめられてこんなこと言ってしまったら、もう隠し通せないよね？　自分の気持ち。

「今言ったことは、本当だよね？　もう聞いてしまったから取り消せないよ？」

「……うん」

「これからもずっとそばにいてほしい。僕の奈々……もう、一生離さない」

「カナちゃん……大好きだよ」

戸惑いながらもそう口にすると、わたしを掻き抱く彼の手に一層力が入ったのがわかる。

「僕も大好きだよ、奈々。ああ、今すぐにでも僕のモノにしたくて堪らない。愛しくて、おかしくなりそうだ……」

頬に手がかかり、顔をあげるとすぐそこにカナちゃんの泣きそうな顔がある。

つらそうに、ひそめられた眉。そしてゆっくりと近づいてくるのに、触れない唇。

「――そろそろ出かけよう。予約を取っておいてよかったよ。そうでなければここでキスして、押し倒して……求めてしまうところだったからね」

そう言われてハッと気がつく。

わたしったら会社でなにやってるの？　カナちゃんの甘い囁きで、催眠術にかけられたように周囲の状況を忘れるところだった。

ダメなのに、こういうのは……彼が婚約解消するまで、わたしが自制しなきゃ！

「い、急いで準備します！」

彼の上から飛び下りたけれど、しばらくの間、高鳴る胸の鼓動は治まらなかった。

「乗って」

会社の駐車場には、見覚えのある白い車があった。再会した日にカナちゃんが乗っていた車だ。

「そういえば、一緒に出かけるのははじめてだね」

彼が帰国してからは毎日会合やら食事会が入っており、別々に帰っていた。

「これと同じ車の黒いのに、慎兄が乗ってるよ」

「へえ……そうなんだ。奈々は、よく慎の車に乗せてもらうの？」

「たまに、ね。そんなにしょっちゅうじゃないよ」

カナちゃんはすこし機嫌が悪そうなので、先週の月曜の朝、慎兄に送ってもらったことはあえて言わなかった。

「そもそも慎兄と一緒に行動すること自体あまりないよ。ストライカーズのOB会くらいかな？　と言っても、OB会であずまやに行く時は歩いて行くし。そうそう、あずまやってOBの東（あずま）さんがやってるんだけど……覚えてる？」

「ああ、覚えてるよ。誠さんとバッテリーを組んでた人だよね」

「そうだ、その店に行かない？　皆に声をかければきっと集まってくると思うよ。おじさんたちにはカナちゃんのことを内緒にしておいてって言っておけばいいし……」

「今度ね。今日はふたりだけがいい」

そう言って連れて行かれたレストランは、アンティークな造りで、まるで外国にいると錯覚してしまうほど雰囲気がよかった。昔の異人館を改装した建物らしく、仕事帰りのスーツで行くにはちょっと場違いに感じるほど素敵で、かなり躊躇してしまった。

カナちゃんは堂々としていて、その場にいる誰よりも馴染んで見えた。

食事している時の彼は綺麗な所作で、知らず知らずのうちに周りの視線を集めている。食べ物を口にしているだけなのに、目の前にいてドキドキしてしまうなんて。

料理は有機野菜の味を活かした前菜にはじまり、海鮮とやわらかいお肉やフォアグラを使ったメインディッシュ。キャビアやトリュフも添えられていて、とても美味しかったけれどやっぱり高そうだった。

とにかくマナーを間違えないようにするのに必死。その都度カナちゃんが教えてくれたけど、なにを話したのかあまり記憶がないほど緊張していた。

これが先輩たちと出かけていたなら、写真を撮りまくってワイワイやってたと思う。とてもじゃないけど、今日はそんな雰囲気じゃなかった……

「どうだった？　結構美味しかっただろう」

車に戻って、ようやくわたしはほっと一息つけた。

「すごく美味しかったよ。でも……ごちそうになってよかったの？」

きっとそれなりの値段はしたと思う。割り勘にしてもらおうと思っていたのに、いつの間にか支払いが済んでいて、金額も教えてもらえなかった。以前、先輩とちょっと高級な店にランチを食べに行った時、教えてもらったことがある。こういう店のメニューは、男性側にだけ値段が書いてあって女性側にはないとか。わたしの場合、最初からメニュー選びもカナちゃんにおまかせしたから、ろくに見てもいなかったけど。

「かなり緊張させてしまったようだね。ああいう店には行ったことなかった？」

「前に慎兄が誕生日のお祝いで連れてきてくれたよ。あと先輩たちとランチとか……もちろん、あの店よりもっと庶民的なところだけど」

「そう……慎にね」

そう言ったきり黙ってしまった彼は、車を発進させたあともしばらくの間なにも話さない。

こうして黙り込んでる時は、すこし拗ねてる時だ。気を使う相手にはそつなく対応するのに、昔からわたしの前では時々こうなる。それを思い出して、うれしくなった。

「奈々、眠かったら寝てていいよ。家の前に着いたら起こしてあげるから」

「大丈夫、眠くないよ。でも、送ってもらったら、おじさんたちとはち合わせするかも」

「まだ会うわけにはいかないからね。できるだけそっと帰るよ。綱嶋奏は歓迎されないだろうし、水城奏でもどうかな」

「それは……」

義姉と婚約したままの彼では会わせられないのもあるけど、それだけじゃない。

カナちゃんとわたしが連絡を取れなかったのはおじたちの意向があったからだ。

よく考えると、いろいろ思い当たる節がある。中学三年になると、カナちゃんはあまりうちに来なくなってしまったし、彼の話題も出なくなった。

その頃にはカナちゃんが自分で家事をやるようになっていたので、おじたちを頼る必要がなくなったのだと、当時はそう疑問には思わなかった。

わたしが会いに行こうにも、あまり治安がよくないからと、カナちゃんのアパートへ行く時は必ず慎兄が一緒じゃないとおばは許してくれなかった。

ふたりが部活を引退したあとは、受験勉強だの男同士の話があるだのと言ってわたしを連れていってくれなくなった。自分は頻繁に泊まりに行くくせに……ズルいと思いながらも、カナちゃんと顔を合わせる機会は減っていった。

そんな矢先に、カナちゃんの母親が亡くなってしまい、その葬儀の手配や諸所の手続きをしたのはおじたちだ。

だからカナちゃんが遠方に住む親戚に引き取られると知った時、それならば中学卒業までの半年間うちで面倒を見てもらえないかと頼んでみたけれど……ダメだった。

その時におかしいとは思ったけれど、それをおじたちに問いただすことはなかった。

「監督やおばさんには本当に世話になったけど、いくら反対されても奈々を諦めるつもりはないよ」

「カナちゃん……」

「これまでずっと奈々だけが僕の心の支えだったんだ。奈々という存在を失うのが怖くて……誰かのモノになっているのを知るくらいなら、会わずにいることを選んだ。就職するために帰国した時も、言われたことを鵜呑みにしたわけじゃなかったけれど、確認するのが怖くて逃げたんだ。あの時はまだ完全に独り立ちした社会人じゃなかったから、奈々を攫っても、しあわせにする自信がなかった。だけど今回、アシスタント候補の中に奈々の名前を見つけた時は運命だと思ったよ。何度も諦めたはずなのに……諦めきれてないと再確認した」

車はいつの間にか、うちの店の駐車場に着いていた。

だけどまだ降りられない、降りたくない。

「わたしも諦めてたよ。それでも他に好きな人なんてできなかった……。やっぱりカナちゃんのことが好きだもの。だけど、どうしていいのかわからない。義姉との婚約を解消して、それで本当に大丈夫なの？　考えただけでも怖くて……」

「悩ませてごめん。婚約のことをきちんとしてからにするべきだったのに、奈々と再会した途端にぶっ飛んでしまった。我慢できなかった僕が全部悪い。だから奈々は悩まなくていいよ。全部僕のせいにすればいいんだ」

「そんな、カナちゃんだけのせいになんてできないよ」

「奈々が誰のモノにもならずにいてくれた……。それだけで充分だよ」

そう、わたしは誰のモノにもなっていない。だけどカナちゃんはどうなんだろう？

「あの、カナちゃんは……今まで誰かと付き合ったりしたの？」

キスも女の人に触れる仕草も……随分慣れていたと思う。慎兄と同じ二十八歳の男性が、これまでなにもなかったなんてありえない。

「それは……ごめん。なにもなかったなんて言えないよ。年相応のことをしてきたと思う。だけど誰かを好きになったことも、付き合ったこともない。僕の中にはずっと奈々がいたから……。そんな僕を嫌いになるか？」

口にされるとショックだけど、だからといって嫌いになるわけじゃない。

「嫌いにはならないけど……やっぱり嫌だな。今までカナちゃんがキスしたり、いろんなことをした人が他にいるなんて、すごく嫌。もしわたしが誰かと付き合って、そういうことしてたらカナちゃんはどう思う？　わたしのこと嫌いになる？」

「そんな可愛いことを言わないでくれ。嫌いになるわけないだろう？　ただ相手の男を殺したくなるだけだよ」

「カ、カナちゃん？」

なんて物騒なことを！　そんな虫も殺さないような顔して言わないで。

「ごめん。長い間連絡しなかったのは僕なのに……もしそうだとしても責める資格はないよ。それに、奈々がたとえ誰かのモノになっていても、奪うつもりでいたから。これからの僕は奈々しか見ないし奈々にしか触れない。それで許してくれるか？」

「そっ、そんなの許すに決まってるじゃない！　だから昔のことはもう言わないで、悲しくなるから。カナちゃんが他の女性となんて……考えたくない」

「ああもう……ずっと我慢してたのに！　その顔は誘ってるだろ？」

運転席からこちらに覆（おお）いかぶさってきた彼の顔が近くなり、そのままシートが倒された。

「えっ？　あの、カナちゃん……んっ」

唇が押しつけられて、キスされた。

――どうしてキスするの？　約束は？

「奈々、僕の奈々……」

耳元で何度も名前を呼ばれ、ゾクゾクと身体が震える。一瞬抵抗を忘れそうになるけれど……ダメダメ、約束したんだから！

「んっ……嘘つき！　婚約の件がはっきりするまで、なにもしないって言ったのに！」

「ごめん、奈々が相手だと我慢がきかなくなるんだ。可愛すぎだろ……嫉妬なんて」

「わたしは……可愛くなんかないよ」

だから父も、わたしより義姉を選んだのだ。

だけど昔からカナちゃんの言う『可愛い』だけは不思議と信じられた。それは誰よりもわたしを優先してくれたから。大事にされているのがわかったから。

「僕にとって誰よりも一番可愛いのは奈々だよ。こんな気持ちになるのは奈々しかいない……」

そう言ってふたたび口づけられた。食むようにやさしく吸い上げて、何度も角度を変えて吸いついてくる。

呼吸困難にならないように鼻で息をして、すこしだけ唇が離れた間に深呼吸を繰り返す。

いつまでもこうしていたくなるほど甘く感じてしまうのは、カナちゃんのキスが上手いから?

「口、開いて……奈々」

「えっ……」

そう言われて恐る恐る結んでいた唇を緩めると、すぐさま彼の舌先が入り込んできた。口内を撫で回し、わたしの舌を絡め取り、口の中を強引に蹂躙していく。

「んっ……はぁ……っん」

その行為はすごく恥ずかしくて、まるでその……えっちなことをしているかのように、身体が敏感になっていく。触れられていない腰や背中がゾクゾクと震え出し、その感覚でおかしくなる。

「奈々のキスも、その先も……全部僕のだから。明日の飲み会でも、誰にも触れられるんじゃないよ」

そう言ってわたしを抱きしめる彼の手が、背中を何度も撫で回す。

「カナ……ちゃん」

「もちろん僕も、他の誰にも触れないよ。奈々だけだから……」

「わたし、だけ……？」

「ああ、奈々にだけキスして欲情する。今も抱きたくて堪らない……これは苦行だな」

「……苦行なの？」

こんなにキスは甘いのに。

「奈々はまだ知らなくていいよ。全部、我慢できない僕が悪いんだ……それなのに止められない。やっぱりキスは許してくれないか？　それ以上のことは、きちんとするまで絶対にしないから」

嫌とは言えない。与えられる甘い言葉とキスに脳まで蕩け、もう完全に抗えなくなってしまっている。

頭の隅っこではこんなことしちゃダメだと、もし婚約破棄ができなかったら……と、そんな考えがよぎるのに。ただキスを受け入れ、夢中で喘いでしまっていた。

「んっ……ん」

いつまで経ってもキスは終わらない。わたしの思考も身体も、熱を帯びてフワフワして……彼に好きにされ続けていた。

「奈々……」

カナちゃんの手がそっとわたしの胸に触れた、その時。

——コンコンと運転席側のウインドウを外から叩く音が聞こえた。

「よう、親友。久しぶりだな」

カナちゃんが運転席側に戻り、車のウインドウを下げると……ヒクヒクと口元を震わせたまま怒りを堪えて笑顔を作っている慎兄がいた。

ヤバイ、滅茶苦茶怒ってる！　あれは本気で慎兄が切れる一歩手前の顔だ。
キ、キスしてるの見られてたよね？　身内にそういうトコ見られるのって……恥ずかしすぎる！
「オヤジたちは家にいるぞ。挨拶なしで帰るなんてしねえよな？　だったら早く降りてこいよ、かなで」

「わかったよ、慎」

カナちゃんはそう言うとふたたび助手席側へ身体を寄せ、「心配しないで、大丈夫だから」と耳元でそう囁きながらわたしの頭をやさしく撫でる。その後、ふたたび彼は身体を起こし車の外に出た。

わたしも急いで車から降りると、カナちゃんに小走りで駆け寄る。

慎兄は腕を組んで車のボンネットにもたれかかり、不機嫌そうに笑っている。

やけに静かで……かえって怖い。

「奈々生、先に家の中に入ってろ。あとでかなでを連れて行くから」

「でも……」

「男同士の話があるんだ。邪魔するなよ、久しぶりの再会だからな」

なんだか剣呑な雰囲気だったけれど、従うしかなかった。

髪の色が違うのに、どうして慎兄にはすぐにカナちゃんだってわかったの？　それにあの怒り方……心配は尽きないものの慎兄には逆らえない。

わたしは先に家の中に戻り、ふたりを玄関先で待っていた。

4.5　十四年目の過去　~奏~

「まずは一発殴らせろ」

その言葉とともに、慎の拳が僕のボディに思いっきり打ち込まれた。

「……っ、手加減なしかよ」

久しぶりの再会がこれか？　だが、コイツが怒るのも無理もない。久しぶりの再会がこの状況なのだから。

「おまえなぁ、何年も奈々生を放っておいて……さっそく盛ってんじゃねえよ！」

眼光鋭く胸ぐらを掴んで恫喝してくるのは、十四年ぶりに再会した親友だ。

奴とは長年音信不通にしていたが、帰国前に僕のほうから連絡を取った。

「怒るなよ、慎。ようやく大人になった奈々と再会できたんだ。そのぐらい察してくれ」

マズイのはわかっていたが、奈々の反応が可愛くて止まらなかった。僕もまだまだガキだ。

「はっ！　その奈々生に悪い虫がつかねえよう、長年気を使ってやったのはどこの誰だと思ってんだ？　それが断りもなく手出されちゃ、おもしろくねえだろ」

「もちろん感謝しているよ。だが、おまえの許可は必要ないだろう？」

「ふん、まあいい。さっきのは、見なかったことにしてやるよ」

相変わらず口と態度は悪いが、コイツは十四年間、約束を守ってくれたのだ。

『おまえが帰ってくるまで、代わりに守っててやるよ』

母が亡くなり遠くの街に行くことになったあの日、親友の上野慎一はそう約束してくれた。

当時の僕は十四で、まだ子供で――自分の行き先を自分で決めることができなかった。住みなれた街を離れたくなかった……。慎や友人たち、なにより奈々のそばにいたかったのに。


幼い頃から日本人とかけ離れたこの髪と瞳の色のせいで、周りから奇異な目で見られがちだった僕を、慎とその家族は偏見なく受け入れてくれた。

彼の父親が監督を務める少年野球チームに入ると、慎を通じて友だちが増え、変な目で見る奴らは減っていった。

あの頃の慎は、僕にとって一番の友だちでありヒーローのような存在でもあった。その慎が唯一らしくない態度を見せるのが、一緒に住んでいるちいさな女の子に対してだった。

その子は慎の従妹で、監督の家に預けられており最初は妹だと思っていた。彼女の母親は長期入院中で父親も滅多に訪ねてこない。寂しいはずなのにいつも笑顔で、すこし遠慮がちなところがいじらしくて堪らなかった。

僕にもよく懐いてくれて、無邪気に抱きついてきては『カナちゃん、しゅき』と言ってくれる。あれだけコンプレックスだった瞳の色も、奈々が『カナちゃんのおめめ、きれい』とうっとりした顔で覗き込んでくるその可愛さに負けて嫌いじゃなくなるほどに。

しかし幼かった慎にとって、奈々が家にいるのは自分の両親が取られたようでおもしろくなかったのだろう。時折その子を邪険に扱う。僕がいるとそうでもないため、当時は監督家族にも望まれて三人で遊ぶことが多くなった。

あの頃の僕は父と母の愛情に包まれて、貧乏だけどそれなりにしあわせだった。ピアノ弾きの父が奏で、クラブの歌姫だった母が歌う日常。仲のいい友人ができ、夢中になった少年野球。そして僕を慕ってくる可愛い奈々の存在。僕の人生の中で一番満ち足りていた時間……

そんな生活は父が事故で亡くなり一変した。元々お嬢様育ちだった母に生活能力はなかったから。母はある意味、父に甘やかされ、そして依存していたのだろう。なにもかも捨ててついてきた最愛の夫を亡くし、その寂しさから母は無気力になり、酒に溺れて僕を見なくなった。それは父が逝ってしまった原因が僕にあったから。

父が亡くなったのは、僕がほしがった野球用具一式を買うため、慣れない日雇いの仕事をし、疲れ果てた末の事故だった。居眠りしたのか、スクーターで対向車に突っ込んでいったそうだ。

母は僕を無言で責めていたのかもしれない。いないものとして扱われ、食事の用意をしてもらえないこともあれば、学校で必要なものに気づいてもらえないこともあった。

そんな僕の面倒を見てくれたのが慎の両親である監督夫妻だ。

慎の家でごはんを食べさせてもらい、ついでだからと洗濯もしてもらった。学校で必要なものにまで気を使ってもらい慎と同じように準備してもらった。

休みの日も監督の家で過ごすことが多くなり、母が遅くなる日は泊まらせてもらうことも……そしてその分、奈々と一緒にいることも多くなっていった。

僕も奈々もこの家の本当の子ではないのに、面倒を見てもらっているという立場は、やはり心苦しかった。慎に対する遠慮や申し訳なさがあったけれど、僕と奈々には監督たちの存在が必要だった。奈々も敏い子で、僕の態度を見て、自分の立場に気がついていたようだ。いつもすこしだけ監督の実の子である慎に対して遠慮しがちだった。

僕たちは誰よりもわかり合えていると思えた。親に甘えられない寂しさは互いが一番よく知っていたから。奈々の母親が亡くなった時も、そのつらさや悲しみを誰よりも理解できたのは僕だ。

守ってやりたかったのに……奈々は父親に引き取られて行ってしまった。その時の喪失感を思い出すと今でもゾッとする。

――もう二度と会えない？　離れてしまえば自分はただの幼馴染でしかない。どうすればずっと奈々といられるのか真剣に考えた結果、十歳の僕には『いつか奈々をお嫁さんにする』こと以外思いつかなかった。おとなになったら奈々を迎えに行こう。そう決心した矢先に、奈々は父親の家から戻ってきた。それも父親が再婚相手と暮らす家で、階段から突き落とされて骨折と打撲という大きな怪我をして。

その時以来、慎の奈々に対する態度が変わった。『奈々生を守る』と僕らは揃って決意したのだ。

幼い奈々は、身体だけでなく心にまで大きな怪我を負っていた。彼女はトラウマで階段を下りられなくなるほど怯えていたのだ。しばらくの間、僕らは奈々の手を引き、それでもダメな時は背負って一緒に階段を下り、なんとか克服することができた。

それからもずっと三人一緒だった。まだ幼い彼女を性的に好きなわけではなかったけれど、『誰にも渡したくない』と思っていて、それはつまり恋愛感情を含んでいたのかもしれない。その気持ちに気づいたのは、僕が中学に上がってからだ。

監督夫婦が僕を奈々から離したがっていると気づいたのは中三の夏前、部活を引退したあとだった。

『あまり奈々生をかまってくれるな。おまえももう中学三年だ。妹でも従妹でもない女の子を相手にするのはおかしいだろう？』

それは暗に奈々とは距離を置いてほしいという話だった。奈々が初潮を迎えたらしく、保護者としてはベタベタとじゃれあう僕を快く思わなかったのだろう。

世話になった身としては逆らうことができず、僕は監督の家には行かなくなった。道で会うとどうして来ないのかと奈々に聞かれたが、『受験勉強が忙しい』と嘘をついた。

僕が行かなくても、慎は度々うちのアパートへ泊まりに来ていた。母は遅くに帰ってくるし、朝も起きてこないので慎は入り浸りやすかったらしい。なにより自宅は息苦しいからと……。

慎も自分の母親の奈々に対する執着のようなものを感じ取っていたのだろう。おばさんが、生まれる前に亡くなってしまった慎の妹と奈々を重ねていたことも、奴にはわかっていたようだ。それでも、あからさまになっていく母親の態度には辟易としていた様子だった。

あの頃の僕たちは思春期を迎え、いろんな思いや衝動を抱え込んでいたから余計に反発していたのだろう。特に部活を引退して時間を持て余した青少年は、その熱情と興味をいろんなほうへ向ける。

それは僕も慎も同じだった。僕の中には奈々の存在があったが、その想いと衝動は別のモノだった。奈々のことが好きでも、まだ子供の彼女に欲望を向けることはなかった。

『三組の江藤と樋口、この前ヤッたんだと』

『くっそぉ、いいなぁ……かなでは？　モテるんだから誰かと付き合ってヤッちまえよ』

『そういうの、僕はいいよ』

奇異の目で見られがちだった僕の容姿は、成長とともに異性の目を惹くようになった。大人びていたため私服でいると高校生や大学生に見えるようで、年上の女性からも頻繁に声がかかる。それでもあの頃の僕は、誰かと付き合うなんて考えられなかった。そんなところを奈々に見られるのが嫌だと思ったから……

とにかく奈々を大事にしたかった。相手はまだ十歳なのだから、性の対象に考えるのは許されない。それなのに男としての欲望は湧き上がってくる。そういう行為に興味はあったけれど、そんな自分が汚れているように思えた。

その欲望が奈々に対してではないことを証明したくて、僕は……十四の夏、誘われるまま同じアパートに住む女性と寝た。

『かなでくん、うちにあそびにいらっしゃいよ』

同じアパートに住む女性に誘われたのは、母が入院して不安で堪らなかったそんな時。酷く酔ったその人に乗っかられて……はじめて女を抱いた。

その行為は、血気盛んな年代の少年にとっては勲章になるはずだった。なのに、そのあと後悔とジレンマに呑み込まれてしまった。

気持ちはよかった。けれどそれはただ欲望を吐き出すためだけの快楽行為。慣れた女性にリードされて、女のよろこばせ方を教わっただけ。

他の奴らは好きな子と経験しているのに、好きでもない女を欲望のままに抱いた自分が汚れてしまったようで、嫌で堪らなかった。自分だけ汚れたまま奈々のそばにいるのが怖くて……僕は慎にその女性を紹介したのだ。

『綺麗なお姉さんとヤれるんだけど、来る？』

誘うと慎はよろこんで付いてきた。慎も一緒に汚してしまうことで自分が安心したかったのだ。

慎も僕と同じぐらい背が高く、ふたり並んでいるとよく大学生に間違われた。きつい目をした彼もそれなりに整った顔立ちをしていたし、年上の女性受けはよかった。

予想通り慎はハマり、うちに泊まると言ってはその女性の部屋にしばらく通い続けた。

『この子、将来いい男になりそうね。独りよがりじゃないし、情熱的だし。なにより体力があるわ』

その女性も、慎にはかなり満足しているようだった。

『それじゃ、僕は？』

『あんたは怖い男になりそう。見た目と中身が違ってて……やさしいけど計算しすぎよ。

年齢以上に落ち着いてるし、女を抱いててもすっごく冷めた目をしてる。相手を狂わせて従属させようとしてるでしょ？　あんたとセックスするとそれがよくわかるわ』

はじめての時も、あまりに落ち着いていたので驚いたそうだ。どうせならといろいろやりたかったことを試したのがよかったのか、しばらくは毎晩誘われて溺れかけた。

けれど慎が通うようになり、僕はその女性から離れた。慎を女に夢中にさせれば、奈々を取られないだろうという一心で……

僕はそんなずるい奴なのに、慎は母が亡くなったあと、僕が自分の家にいられるよう監督に頼んでくれた。中学卒業までの半年ぐらいなら、うちで面倒を見てくれるはずだからと。

しかし監督には『親戚が引き取ると言っているのに、それはできない』と言われたらしい。

だけど本当の理由に薄々気づいていた。将来、慎と奈々を一緒にさせるために僕の存在は邪魔でしかなかったからだ。

引っ越してしまえば奈々と会えなくなり、いつしか僕という存在すら忘れられてしまう。

――そのことに耐えられなかった。忘れられたくなくて、いつかふたたび会える日まで誰のモノにもならないでほしくて、いつか必ず迎えに来るからとキスの予約をした。

真面目な彼女のことだから、本気で僕より好きな人が現れるまで約束を守ってくれるだろうと思った。他の女性を平気で抱いていた僕には、そんな約束をする資格はなかったというのに。

父方の親戚に引き取られてからは散々だった。

中学には通わせてもらったもののバイトを強要された。それも年を誤魔化しての夜の仕事。そして高校へは行かせない、卒業したらすぐに食い扶持を稼げと言われた。知り合いの店なら年を誤魔化して働けるからと、ホストクラブまで紹介されて……

このままでは、奈々を迎えに行けなくなる。そう考えると、もうそこにはいられなかった。監督に頭を下げて保証人になってもらって進学するか、それとも違う親戚を頼るか……悩んだ末、僕は戸籍を辿り母方の親戚を探すことにした。

行き着いたのは母の実兄、綱嶋孝蔵、綱嶋物産の二代目社長だった。

最初は疑われたものの、高校へ行くための保証人になってほしいだけだと伝えると、意外にも引き取って養子にしてくれた。

ただし、目の色と髪の色を変え、名前を奏に変え、昔の知人とは連絡を取らないことが条件。僕の成績を知った伯父は全寮制の私立高校の受験を勧めた。その高校は海外留学や大学受験にも力を入れており、そのシステムを利用して米国の大学に入り、その後は院でMBAの資格を取得した。

寮生活は多少窮屈だったが、休みのたびに適当に遊んだ。学校外で悪さをする時は、髪の色と目の色を戻せば身元がバレない。

奈々のことが頭にあったけれど、女性とは適当に遊んでいた。記憶の中の奈々はいつまでも子供でしかなかったから。

それからも誰かと付き合うということはなかったが、誘われれば断らなかった。その時々の欲求を満たすため、肌寂しい時の温もりを求めて、後腐れのない女性と寝る。女の肌の温もりに身を埋めると酷く安心できたし、自分を求められると自信がついた。その一方で、そんな自分に引け目を感じてもいた。だから養父との約束を言い訳にして、高校進学を境に、奈々に手紙を書かなくなっていったのだ。

慎が守ってくれているから大丈夫だと思う反面、彼女が僕を忘れ、見限ることを恐れていた。

自分は他の女性を抱いているくせに……

だから四年前に帰国した時も、ふたりが一緒になるという話を信じてしまった。

留学から帰ってきて、奈々と慎のもとへ向かった僕が見たのは——大人になった奈々と慎の仲睦まじい姿。ふたりは盛装して車に乗り込むところだった。ドアを開けてエスコートする慎に楽しそうに笑う成長した奈々。想像していた以上に大人になっていて、懐かしくて、愛しかった。だけどあまりにもお似合いに見えて、僕は声をかけることもできずにふたりを見送るしかなかった。

そんな僕に気づいたのはおばだった。

『かなでくんなの？　どうして……なんで今更、なにをしに来たの？　ふたりは婚約したのよ！　お願いだから、もう二度とあの子に会いに来ないで！』

確かに綱嶋の養父(ちち)との約束を守り、会いにも来ずあまり連絡を取らなかったのは自分。綱嶋の庇護(ひご)下に自(みずか)らを置いて教育を受け、今の自分になることを選んだのだ。たとえそれが将来、奈々を守るためであったとしても……

それに——

『迎えに来なかったら俺がもらっちまうぞ』

約束した時、慎はそうも言った。あいつが本気になって、奈々が慎を選んだのならしかたがない。

それきり、僕が奈々を訪ねることはなかった。ようやく日本に帰ってきたというのに、たとえ誰が反対しようとも、ふたりで生きていけるぐらいおとなになったというのに……

それからしばらくの間は、随分荒れてかなり無茶な遊びをしまくった。それでも綱嶋物産に入る頃には元の自分を取り戻し、後継者として真面目に頑張ろうとしていた。

ただろう。

あの一件がなければ、海外勤務になることもなく、もっと早くに奈々と再会できてい

そもそもドイツに行く羽目になったのは、社長夫人——養母の姪である西垣彩芽に執着され、刃傷事件が起こってしまったからだ。

そう優秀でもない彼女が、僕と同じ海外事業部に配属された時点で気づくべきだった。同様に、同じ同期でも仕事のできる真木が総務だなんておかしすぎた。真木は相手がどんな立場でも媚びないし、話も合う、気の強い面白い奴だったのに。配属先が分かれて残念だった。

どうやら夫人の思惑で、僕と一緒にさせるつもりで彩芽にいろいろと吹き込んでいたらしい。養母は自分と血のつながりのない僕が跡を継ぐことを懸念し、自分の地位を確かなものにしておきたかったようだ。

僕も彩芽が養母の姪だということで、気を使ったのが仇となった。彩芽はやたらと一緒に行動したがった。それに加え、養母のお膳立ても続き、まるで恋人か婚約者のように振る舞いはじめたのだ。そしてそれを拒否すると、ストーカー的な行為まではじめた。僕に関わるあらゆる女性に難癖をつけ、次第にエスカレートして、嫌がらせが酷くなる。

できるだけ穏便に済ませたかったが、上司に申告して部署異動させるしかなかった。

それがかえって彼女をヤケにさせてしまった。

『奏さんはわたしのものよ！　わたしと結婚するのよ……それはもう決まっているんだから！』

そう叫んだ彼女は虚ろな目で秘書課の女性にカッターを振りかざした。

婚約した事実はなく、すべて彼女の思い込みだ。しかし養母にそう思い込まされ、彼女も思い詰めてしまったのだろう。

『止めるんだ！　君とは付き合っていないし、結婚する予定もないはずだ』

『だって叔母様が……必ずそうなるようにしてあげるって。そうならなきゃ、いけないからって』

『僕は自分で相手を決めるよ。養母は関係ない。だからもう、止めるんだ……』

彼女を止める時に、僕は手のひらをざっくりと切られてしまい、その血を見た彼女はようやく我に返り泣き崩れた。

『ごめんなさい……こんなつもりじゃ……』

怪我をしたのは僕だけだったし、彩芽もある意味犠牲者だったのかもしれない。なので警察沙汰にはせずにいた。

養母の目論見は外れ、反対に彼女の立場は悪くなる一方。その一件で、養母の兄が綱嶋物産を去ってしまったのだ。

そんなことがありゴタゴタしている間に、見合い話が持ち上がったのである。

『彩芽の一件はおまえが悪いとは言わぬが、身を固めない限り同じことが起こりかねない。見合いして、とりあえず婚約しろ。そうすれば、こんなことは起きぬだろう』

社長である養父にそう言われて見合いさせられた相手が、宮之原美麗だった。

会うなり、彼女はこう言った。

『噂は聞いてるわ。大変だったみたいね。でもそれだけモテるのだから無理もないわね』

『それは、そちらもじゃないですか？』

美麗のことは、何度かパーティーで見かけたことがあった。

宮之原系列の会社に勤める現会長の曾孫にあたるお嬢さんだ。彼女は人形のように整った綺麗な顔をしていて、並んで話しているとやたら人目を引いた。

『わたしも今度フランス支社に転勤が決まったのだけれど……すこし困ったことになっているの』

妻帯者である上司の部下としてついて行くが、彼の細君に上司との関係を疑われているのだという。

『そんなわけであなたとは、しばらく会うこともないし、形だけの婚約をするっていうのはどうかしら？』

彼女がフランスにいる間だけでもと強引に押し切られた。それに僕も、彼女と婚約すれば誰も文句を言わないだろうという打算が働いた。

美人で仕事もできるようだし、割り切った考え方の女性は嫌いじゃない。すでに奈々のことは諦めていたから、結婚なんてどうでもいい。むしろ政略結婚でかまわないとすら思っていたから、僕はその偽装婚約の申し出を呑んだのだ。

すぐに婚約を発表して彼女は海外へ。その後、僕もドイツ支社の立ち上げを命ぜられ、結局奈々と慎に会うことのないまま出国した。

——まさか婚約した女性が、奈々の義理の姉だなんて思いもせずに。


「それにしても、おまえがドイツから連絡してきた時は驚いたぞ」

慎の声に意識が引き戻される。

「ああ、いきなりすまなかったな」

あの時、思い切って連絡しなかったら……僕はふたりのことを誤解したままだっただろう。

「わるかったな、おふくろが邪魔してたみたいで。あの人は奈々生のこととなるとすこしおかしくなるから。それにしてもおまえ、そんなに奈々生がいいのか？　あんな色気のねえの。おまえなら引く手数多だろうに」

確かに……相手をしてくれる女性に困ったことはなかった。学生時代も留学中もそれなりに。

「第一、再会してからそんなに日も経ってねえのに、よくあの奈々生に手が出せたな？　色気ないうえに警戒心が強かっただろ？」

「怖がってはいたが、僕にはすぐ気を許してくれたよ。今まで誰のものにもならずにいてくれたなんて。本当はこんなに早く手を出すつもりじゃなかったが、嬉しくて抑えられなくてね」

「あいつも、おまえのことが忘れられなかったみたいだぞ。女子校だったのも幸いしたし、周りの男どもには俺が目を光らせておいた。なにより俺が男の本性ってのを見せて教育してきたからな」

「それはどういう意味だ？　慎」

「電話でも言っただろう？　うちの奈々生は、そう簡単にそこらの男になびかなくなってるって。俺も高校入ってから、結構遊びまくってたてな。悪い男の例を見せておいたんだ。ナンパな奴のやり口も教えておいたから、下手な男には引っかからない。おまえは俺に感謝しろよ」

「ああ、その点は感謝してるよ」

「これも皆、あのお姉さんにいろいろ教えてもらえたおかげだな。俺もこれまで女には苦労しなかった。その点、おまえには感謝しているぞ」

「慎、その話は……」

「奈々生には言ってねえよ。それに、どうせおまえも向こうでは遊んでたんだろ？」

婚約と言っても形だけだったので、ドイツでも誘われれば女性と楽しんでいた。海外勤務も二年目を迎えた頃、社長である養父（ちち）から連絡があるまでは。

『奏、そろそろ帰ってこい。役員会でおまえの経営企画部統括部長就任が決まった』

「……わかりました。すぐにですか？」

『二週間で戻ってこい。あとは翠川に任せればいい』

言いたいことだけ言うと、養父はさっさと電話を切ってしまった。

ドイツ支社の立ち上げも順調にいき、現地で部下の育成も目処がついてきていた頃なので、そろそろ声がかかると予想はしていたが……統括部長ということは、これを機会に重役にさせるつもりらしい。

そのあと翠川に連絡を取り、急いで帰国の準備をした。

時々ベッドを温めてくれたドイツの女友達にも別れを告げて。

アメリカ留学時代や帰国後もそうだったが、どうやら僕はコンタクトレンズを外している時は、かなり理性の箍（たが）が外れるらしい。

養父のもとで素の自分を押し殺し、奈々が好きだと言ってくれた瞳を隠していることは、知らず知らずのうちにストレスとなっているようだった。

綱嶋奏の時は理性的に、そして水城奏の時は欲望に忠実になっていった。

男だからセックスが嫌いなはずがない。女性を思うがまま貪り、狂わせ、縋りつかせるのは最高の快楽だった。なにより自分が求められていることを実感できた。

本当に欲しい人が手に入らないのなら、誰と寝ようが結婚しようが同じだと、偽装婚約することすら厭わなくなっていた。

そんな僕の気持ちを揺さぶったのは、やはり奈々の存在。本社から送られてきたアシスタント候補の中にその名を見つけた時は本気で運命だと思った。

――まさか彼女がうちの会社に入ってたなんて!

四年前に諦めたはずなのに……僕の心は激しく揺れた。知らぬ顔をするか、それとも逢って慎とのことを祝福してケリをつけるか。

しかし再会するのなら、その前に確かめておきたいことがあった。――ふたりの関係が真実か否か。

慎と個人的に連絡を取りたかったが、携帯番号を知らない。しかし偶然にもドイツに行く前の仕事で、ストライカーズＯＢの誠さんと再会していた。向こうは僕だと気づかなかったようで、そのまま綱嶋奏として名刺交換していたのだが。

悩んだ末、誠さんの携帯に水城奏として連絡し、「慎と連絡が取りたい」と頼むことにした。するとその時一緒にいた慎とすぐに電話を代わってくれた。

今まで連絡しなかった理由と、四年前に逢いに行ったが、ふたりが婚約しているとおばさんから聞いた話をすると、随分驚かれた。

『婚約なんかしてねえよ。余計なこと言いやがって……おふくろの奴』

婚約していなかったと聞き、どれほどうれしかったことか。それなら帰国してすぐに逢いに行きたい。奈々さえ待っていてくれるのなら、迎えに行くつもりであることを慎に告げた。

しかし慎の答えは意外なものだった。

『遅えよ！　おまえとの約束を守って、奈々生から男を遠ざけてきたが……あいつももう二十四だ。それなのにまったく男っ気がないのに責任を感じて、二年前にプロポーズしちまったぞ。あいつは冗談だと思っているけどな』

「そうか……やはり、奈々と結婚するんだな」

『このままおまえが帰ってこないのなら、そのつもりだった。けどな、おまえを想っていまだに彼氏がいたこともないお子ちゃま相手に、なにもしてねえよ。俺には他にカノジョがいるしな』

慎の口調は、まるで僕の反応を楽しんでいるようだった。以前は、直情的な慎に対して知略的に対処し自然に会話の主導権を握っていたが、昔のようにはいかないらしい。

『俺のことは怒れねえだろ。おまえも今まで適当に遊んでたんじゃないのか？』

確かに遊んできたのは事実だ。しかし慎に他に女がいるのなら、このまま諦められない。

「あぁ……。だが奈々を諦めなくてもいいなら、今の自分を見せて、精一杯告白してみるよ。もう、奈々を誰にも渡すつもりはないから」

『ほう、今の奈々生を見てもいいねえくせに、そんなこと言っていいのか？』

「四年前の姿を見てるから充分だよ。それに、おまえが責任感じてプロポーズするぐらいだから、いい子に育ってるんだろ？」

『ははっ、そうきたか！　まあ、それは自分の目で確かめろ。いい女と言い切れるようになるには、まだ時間がかかりそうだがな』

「それは僕がやるからいいよ」

『それじゃ、御手並み拝見といくか。ただし、うちの親どもは手強いぞ。奈々生を俺の嫁にする気満々だからな。あいつも相変わらず、おふくろにべったりだし』

「覚悟はしているさ。奈々自身が僕に愛想を尽かしているかもしれないことも……」

奈々が待ってくれていたとしても、今の僕を見てどう思うかわからない。

それに……たとえ偽装でも僕は今、婚約している身。早急にこちらも対処しなければならない。

「慎がプロポーズしたことは別にして、僕との約束を守ってくれたことには礼を言うよ」

『礼を言うのは早いぞ。あいつがおまえのモノになるとは限らんしな。俺が男ってやつの本性をバッチリと教え込んでやったから。男は基本ヤりたい動物だから、モテる男はたいてい遊んでる。なにもない男なんて、よほどモテない奴だけだ、って』

それは僕をフォローしてくれているのか？　それとも自分のことか？　そうじゃない奴もいると思うが、奈々なら慎の言うことをまるっと信じていそうだ。

「まあ……おまえらしい教育だな。けど、助かるよ」

奈々が僕を受け入れてくれるかわからないが、どんなことをしても手に入れるつもりだった。そう決めて僕は、アシスタントに彼女を指名し、帰国を急いだ。

帰国した日曜の夕方。明日になれば逢えるとわかっていたけれど、居ても立ってもいられず慎の家に向かった。逢える確証もないのに……

店の裏手にある駐車場で待っていると、程なく奈々が現れた。スーツ姿で、どうやら会社帰りのようだった。

「カナちゃん？」

十四年ぶりに再会した彼女は、すっかり大人の女性になっていた。もちろん面影(おもかげ)は充分にあった。

意思の強そうな目元、ちいさくて可愛いらしい鼻、すこしだけぷっくりとした唇。化粧はしていたがそう塗りたくった感はない。服装も充分洗練されて見えた。

こうなっているだろうな、こうなっていてほしいと願っていた以上だったと思う。すぐに僕だとわかってくれたのはうれしかった。サングラスを外す前から気づいてくれたようで、そのあとはもう……懐かしさと愛しさでいっぱいだった。

抱きしめたその身体は間違いなく大人の女性で……もう、あの幼い奈々ではない。そしてそのことによろこんでいる自分がいた。

あの頃も、今も、やはり大好きなのだ……彼女が。

泣きそうな顔をして見上げてくる奈々が愛しくて、思わずキスしてしまっていた。約束のキスだと言い訳しながら。

月曜日に会社で再会した時も、これから一緒に仕事できることを、もっとよろこんでくれると思っていたのに……彼女の反応は予想以上に冷めたものだった。

「怒ってるのか？」

そう言うと彼女は首を横に振って、そのあと笑いかけた顔を悲しそうに歪(ゆが)めて泣き出してしまった。それも、声を殺してぽろぽろと涙を零して。

僕は思わず抱きしめて、その涙をすくい謝った。今まで連絡が取れなかった事情も説明し、それでわかってもらえたと思いホッとしたけれど、やはりまた泣きそうになる。

その顔が可愛くて、僕は我慢ができなくなってしまった。

「今度は昨日みたいなお子様のキスじゃすまないよ」

十四年前、次にキスする時は大人のキスをしようと約束していた。そうすることで他の男とのキスを避けさせようと、十四の子供なりに必死に考えたのだ。そう言った自分はすでに女性の身体を知っていたというのに……卑怯(ひきょう)なやり方だったかもしれない。だけど、そうしてでも誰にも渡したくなかった。慎にさえも……

奈々はこれまで誰とも付き合っていない、ずっと待っていたと言ってくれた。おそらくキスも、僕以外としていない様子だった。

これまで他の女性と関係を持ってきた汚れた自分が嫌になる。

僕は奈々が流した涙の理由について、驚いたからだと考えていたのだけど、本当のところはまったく違った。びっくりしすぎたからでも、怒っていたからでもなかった。

――彼女は知っていたのだ。僕が婚約していることを。それも、彼女の義姉(あね)と……

もっとも、その時まだ僕は、自分の婚約者と奈々の関係に気づいてはいなかった。

まずは偽装婚約であることを説明したかったのに、無情にも内線で会議出席の催促(さいそく)がきた。

「必ずここに帰ってくるから。その時にゆっくり話そう」

　それまで待っていてほしい、そう言って会議室へ急いだ。


「遅かったな奏、どうした？　なにかトラブルでもあったのか？」

「いえ、なにも。お待たせして申し訳ありませんでした」

　社長にそう問われ、にっこりと微笑んで会議室を見回し挨拶する。

「綱嶋奏、昨日帰国いたしました。本日より本社にて経営企画部統括部長の任に就きます。若輩者ですが、どうぞよろしくお願いいたします」

　同族経営のこの会社で過半数を占める重役の支持は得ているものの、ぽっと出の僕が後継者の座に就くことを快く思わない者もいる。これからが勝負……狸爺共を黙らせていかなければならない。

　——ああ、疲れる。早く奈々のもとへ帰りたい。

　奈々とは昨日再会したばかりなのに……もうかけがえのない存在になってしまっていた。

　今まで会わなかったことを後悔した。もっと早く連絡を取っていれば……そう思ったが、怖くてできなかったのだからしかたない。

その後、会議を終えて執務室に戻ると、奈々の態度が朝とは一変していた。

遠慮しまくられてうれしいはずがない。僕はすぐにでも昔以上の関係になりたいと思っているというのに。

あくまでもアシスタントとして接してきて、代わりを探せ？　退職するつもりだから総務へ戻してほしいだって？

「ちょっと待ってくれ……なにを言ってるんだ？」

姉が帰国するまでに辞めたいって……

その時ようやく気がついた。彼女の姉と言えば義理の——父親の再婚相手の娘のことだ。

奈々に怪我させた悪魔のような女の子の話は、上野家で何度か聞いていた。

まさかそれが美麗だったなんて……もしかしなくても、僕は最悪の相手と、偽装とはいえ婚約してしまったのか？　自分の取り返しのつかない失敗を、その時ようやく痛感した。

よくよく思い返すと、美麗の父親に頼まれて縁者の就職の口利きをした覚えがあった。渡独したばかりの頃で、忙しくてろくに書類も見なかったが、その時きちんとチェックしていれば気がついたはずなのに。

とにかく奈々に説明するしかなかった。偽装婚約しなければならなかった事情を。

この婚約に愛などないと知らせれば、すべて解決すると思っていた。だけどそれを聞いても奈々は、あまりうれしそうな顔をしなかった。確かに婚約解消したところで、その後釜(あとがま)が義理の妹だなんて聞こえはよくないだろう。

そうは言っても、ようやく奈々がこの手の中にいるんだ。みすみす逃(のが)してなるものか。この腕の中に取り込んで、心も身体も離れられなくしてしまおうと考えた。

キスをすれば、奈々の気持ちはすぐにわかるのだから。

「んっ……んんっ！」

可愛いな……目を潤(うる)ませて、はあはあと苦しげに肩を上下させて。僕が腰を抱(かか)えて支えていないと、そのまま床にへたり込んでしまいそうになる。

——その時すでに確信していた。間違いなく奈々は僕のことを好きで、受け入れてくれるだろうと。

だけどやはりネックは婚約だ。関係をきちんとするまで、キスはダメと言われてしまった。

こうなったら、一刻も早く美麗との婚約を解消してもらわなければならない。その話をしたくて電話をかけているのに美麗は不在で折返しの連絡もなく、僕は焦(あせ)っていた。

もし美麗の気が変わって婚約解消しないとゴネられたら……そう考えると思わず背中に冷たいものが流れる。

彼女が偽装婚約を持ちかけてきたあと発端となる上司との噂について調べていたら、やはり噂通り上司と関係していた。

その証拠も掴んでいたから僕と本気で結婚する気はないだろうと踏んでいたが、状況が変わった可能性もある。

僕は携帯を取り出し、信頼できる部下を呼び出した。

「翠川、すまないが調べてほしいことがあるんだ」

ドイツにいる彼に、フランスでの彼女のことを調べるよう頼んだ。

奈々さえ僕を受け入れてくれるのなら全力で彼女を手に入れる。そのためにまず美麗との関係を清算する必要がある。それからしっかりと奈々を捕まえて、監督夫婦に話もつけなければならない。もちろん慎にもだ。

もし社長に反対されたら……その時は会社を辞めてもいい。留学時代の友人の会社に誘われているから、アメリカに行ってもかまわない。

翌日以降、奈々とは朝の挨拶以外ゆっくりできる日は少なく、たまに抱きしめて充電させてもらうけれど、それじゃなかなか満足できない。すこしでも彼女がその気を見せた途端に抱きしめてキスしたくて……

懇親会と称して誘い出した食事の帰り、車という密室の中でつい我慢できなくなってしまった。

それを慎に見られてりゃ世話はない。

「それで、これからどうするつもりなんだ？」

慎の声がいっそう低くなる。冗談で茶化しているのではなく、本気で聞いているのだ。

本当は美麗との婚約を解消してから、奈々に交際を申し込むつもりだった。だがかなり順序が狂ってきている。正式な婚約解消はできてないままだし、交際を申し込む前に手を出してキスしてるし。それを見られているのだから、生半可な返事ではこいつも納得しないだろう。

「もちろん、結婚を申し込むよ」

再会してわかったのは、やはり僕には奈々しかいないということだ。

こんなにも自分の行動が抑制できないなんて、奈々の成長は想像以上だった。中身は昔の奈々のままで、本質はすこしも変わっていない。そのうえ……あんな可愛い顔して泣き出したりするから、僕の理性が飛んでしまった。

奈々さえいれば、どうやっても生きていける。たとえ綱嶋を捨てても……そのぐらいの覚悟を決めていた。

「それならいい。だが針のむしろにひとりで座ることになるのは覚悟しておけよ。俺は一応奈々生にプロポーズしている身として、味方できないからな」

「そこまで贅沢(ぜいたく)は言わないよ」

『奈々生の籍は上野家に入れずにおこう。この子が望んだ時、いつでも父親のもとに行けるように』

監督は奈々が幼い頃はそう言っていた。向こうはとんでもなくお金持ちで、もし自分たちになにかあった時はそのほうがしあわせだからと。

奈々は自分が上野家の正式な養女にならなかった理由を、宮之原家の妨害にあったせいだと思っていたようだが、実際は違う。監督たち家族の奈々に対する愛情の深さを考えれば、そんなことくらいで断念するわけがない。そのことを奈々にはっきり告げなかったのは……おそらく宮之原の父をどの程度信頼して良いものか、判断しかねていたからだろう。

もっともおばさんは、奈々を手放すつもりはなかったようだ。養女にするよりも確実に一生そばにいさせる方法として、慎と一緒にさせることを望んでいた。

それに、慎も奈々にプロポーズまがいのことをしているというのが現状だ。

まったく、ややこしいことをしてくれる……だが、偽装婚約をした身で文句は言えない。

「それじゃ中に入ろうか？」

「ああ」

味方がいないことを覚悟しながら、僕は監督たちが待つ家の中へと入っていった。

5　どうしようもない現実

「ご無沙汰しています、監督、おばさん。今日は急にお邪魔してすみません」

カナちゃんは我が家の居間で、おじに向かって深々と頭を下げた。

わたしが家に入ってしばらくして、カナちゃんと慎兄は入ってきた。

ふたりでいったいなにを話してたんだろう？

すこしだけ険悪な雰囲気だった。昔はあんなに仲がよかったのに……

「元気そうでなによりだよ。かなで」

「お茶……出すわね。奈々ちゃん、手伝ってちょうだい」

おじはかろうじて笑顔だけど、おばはうれしそうじゃない。

カナちゃんはこれまでの事情を簡単に説明した。さすがに綱嶋の名前と、婚約している話は伏せていたけれど。

「そうか……今まで、なにもしてやれなくてすまなかったな。悪かったと……思ってるよ」

「いえ。上野家の皆さんには、子供の頃からずっとお世話になって……今の僕がまともでいられるのは、皆さんのおかげです。本当に感謝しています」

おじも、カナちゃんも他人行儀な話し方だ。昔を知っているからこそ、違和感を覚えてしまう。昔は、家族のように笑いあっていたのに……

『かなで、メシ食っていけ。今日もおふくろさん遅いんだろ？』

『……いいの？　監督』

『おうよ、子供が遠慮するな！　食わねえと、でっかくなれねえぞ』

いつだって自分の子と別け隔てなく、ざっくばらんに愛情を注いでくれていた。

「それで……今日はこの時間まで、奈々生と一緒だったのか？」

「ええ、一緒に食事を。僕もようやく一人前になることができたので……改めてご挨拶に伺おうと思っていた矢先に、外で慎と会ったものですから」

ガチャンと、おばがお茶を注ごうとしていた手を滑らせた。

「なあ、そろそろ名乗れよ。かなで」

不機嫌なままの慎兄が、そう口にした。

「わかってるよ……慎。監督、これが今の僕の名前と肩書きです」

そう言って名刺を差し出した。

「――どういうことだ？　綱嶋って……」

おじに駆け寄り、名刺を見たおばも驚いていた。カナちゃんがわたしの新しい上司で義姉の婚約者だってことには、ふたりともすぐに気がついたようだ。

「綱嶋家は母の実家で、子供のいない伯父の跡を継ぐということで養子に入りました。先日帰国してから、奈々にはアシスタントとして僕の下で仕事をしてもらっています」

部屋の中に不穏な空気が流れはじめた。おじはなんとか普通にしているけれど、おばは真っ青な顔をしている。

「君が奈々生の新しい上司……ということは、あの娘と婚約しとるんだな?」

「……はい。今はそう答えるしかありません」

「それは……どういうことだ?」

「現在解消する形で話を進めているからです」

「それは……奈々生を怪我させた子だと知ったからかね?」

「いえ、帰国前からそういう話でした。元々海外赴任している間だけという約束の、形だけの婚約でしたから。本当に結婚するつもりは最初からありません。互いの仕事の事情で、決まった相手がいないままでは不都合が多かったからで、彼女が奈々の義理の姉だなんて本当に知らなかったんです」

「知らなかったじゃ、すまないわ!」

おばは、やっぱりカナちゃんを拒絶してるんだ……

「本当にその婚約解消に奈々生は関係ないんだろうな？　あの娘とは二度と関わらせたくない。それに……以前、俺がおまえにした話を覚えているか？」

以前って、いつのこと？　なんの話？

「はい、覚えています。ようやく自分の生活の基盤もでき、彼女を養えるぐらいの力をつけました。彼女はもう立派な大人です。奈々が僕を受け入れてくれるのなら、将来は……」

「待ちなさい。その話をするのは早すぎないか？　君はまだ婚約中だ。きちんと婚約解消もしていないというのに、非常識じゃないか！」

珍しくおじが声を荒らげた。

「それは……おっしゃるとおりです。しかし僕は――」

「たとえそれが正式に決まったとしても、おまえは宮之原の娘の後釜(あとがま)に奈々生を座らせるつもりなのか？　そんなことをしたら、奈々生が醜聞(しゅうぶん)に晒(さら)されて傷ついてしまうとは思わんのか？　どう考えても無理だ。それに、慎一が奈々生を嫁に迎えると言っている。今更出てきて、勝手なことを言わないでもらいたい」

「おじさん、なにを言うの？　その話は……」

「奈々生は黙っていなさい！」

「監督！　待ってください。確かにおっしゃることはごもっともです。だけど、僕と奈々は──」

「やめて！　お願い、もう帰って！　今更……十四年も経って、横から奈々ちゃんを奪おうとしないで！　奈々ちゃんは慎一と結婚して、うちの娘になるのよ！　よそへお嫁になんかやらない、ずっとうちにいるって約束したでしょ？　奈々ちゃん」

「おばさん、それは……」

宮之原から帰ってきて以降、おばはますますわたしを可愛がるようになった。

学校や仕事は理解してくれるけど、それ以外はできるだけそばにいるようにと……だから、わたしは就職するまでは特別な用事がない限り、あまり外泊もしなかったし、夜遅くまで遊ぶこともできなかった。気がねなく出かけられるのは、慎兄と一緒の時だけ。だから学生時代の友人とは関係も希薄で、本当の友人というのは真木先輩と邦がはじめてだった。

『すまんな、奈々生。自由に遊ばせてやれなくて』

おじは以前、そのことを謝ってくれたけど、わたしは自主的にそうするようにしていた。

本当は慎兄には妹がいたそうだ。だけど生まれてすぐに亡くなって……そんな時に母がわたしを産んだ直後に入院して、この家に預けられるようになった。

それからはずっと、本当の娘のように可愛がってもらったのだ。たとえその子の代わりでも、惜しみない愛情を注いでもらったと思う。

慎兄をちらりと見ると、おばのほうをじっと見ていた。彼は当時のことをうっすらと覚えていたそうだ。妹ができたこと、そのあと母親が嘆き悲しんでいたことを……

「とりあえず、きちんとしてからうちへ来ないおまえが悪い。さっさと片づけてこいよ」

慎兄はニヤリと笑いながらふんぞり返る。

カナちゃんは真剣な顔をしておじのほうを向いて頭を下げた。

「婚約の話は……きちんと片をつけて出直してきます。その時、改めてご挨拶させてください」

「来なくていい。奈々生は会社も早々に辞めさせる」

「おじさん、そんな……」

「奈々……いいんだ。今日のところは失礼します」

カナちゃんは立ち上がって一礼すると、そのまま出ていってしまった。

「待って、カナちゃん……」

「行くな、奈々生！」

あとを追おうとしたわたしは、おじに引き止められてしまう。

「わざわざ宮之原の家と関わるようなことをするな。どんな目に遭わされたのか、覚えているだろう？　もしその婚約破棄がおまえのせいだということになってみろ。なにを言い出してくるかわからんぞ」

確かに……わたしが怪我をさせられたあと、いろいろと大変だった。

十八年前、わたしが上野の家に戻ったあの日の夜、父は遅くなってから訪ねてきた。

『帰れ！　今更なにしに来たんだ！』

謝ろうとする父に対して、おじの怒りは収まらず、家の中にも入れようとしなかった。

わたしと慎兄は夜中に、その怒鳴り声で目が覚めた。骨折と打撲の影響か熱があり身体が痛くて起き上がれなかったわたしは、寝かされていた居間の引き戸の隙間からその光景をボーッと見ていた記憶がある。

『どうしてあの母子が謝罪に来ないのよ！　土下座して謝るべきでしょう？　あなたは奈々ちゃんの血のつながった父親なのだから、本来ならあなたが怒る立場なのよ？　奈々ちゃんが殴られた分、ちゃんと叩き返したんでしょうね？　わたしがその娘の腕をへし折ってやりたいわ！』

おばもかなり怒っていて、その声が甲高く響いていた。

『そんなこと、できるわけないじゃないですか。あの子はそんな悪い子じゃないんです。わざとじゃないと言っているし、妻もカッとなったが、普段から奈々生が嘘をつくからと……』

『奈々ちゃんが嘘をつくはずないでしょう？　嘘つきは、あの女とその娘じゃない！　不慮の事故ならいざしらず、うしろから突き落としておいて、それすら人のせいにするなんて……悪魔のような子よね！　随分意地の悪いことをして奈々ちゃんをいじめてくれたそうじゃないの。持ち物を勝手に捨てられたり、ごはんも時々食べさせてもらえなかったりしたそうね。つねられて、突き飛ばされて、それが本当だって証明されたのに、あんたはまだあの嘘つき母子を信じるの？』

『そんなはずはないんだ。奈々生が言うことを聞かないからだと……』

『そんな嘘を信じるの？　ちいさな子供を殴るような女の言うことを！　奥さんや子供のいる男を寝取って、病気で苦しむ妻に別れろと言って離婚届を突きつける厚顔無恥な女とその娘なのよ！』

　おばの怒りは、もう抑えられないほど昂ってしまっていた。

『そのことと、今回のことは関係ないじゃないですか……』

『いい加減にしてくれ。こっちは言い訳を聞きたいんじゃない。謝罪を聞きたいんだ。実際に怪我させられたのは奈々生だ。痛いのに我慢して、熱まで出して寝込んでいる。もし打ちどころが悪ければ、命を失ったかもしれないし、身体が不自由になったかもしれない。一生取り返しのつかないことになるところだったんだ。いくら子供でも、今きちんと反省させなければまた同じことを繰り返す。父親が責任を持ってあの娘本人に謝らせるべきじゃないのか？』

『それは……できないんです。向こうは宮之原の人間で……』

『どれだけ金持ちでも関係ない。そっちはちいさな子供を怪我させてるんだ。そのうえ放置して、警察に虐待を疑われてもしょうがないんだぞ！』

実際、警察は虐待の疑いを持って調査にあたっていたそうだ。だから保護養育権のある父親でなく、わたしが帰りたがったおじの家に帰ることが容認されたのだ。

『そんな、虐待だなんて……』

『違うと言うのか？　あの状態で保護されれば虐待だと思われてもしょうがない。むしろ奈々生が外に出てくれて助かったよ。あのまま家にいても君たちは治療を受けさせたかね？　自分の子が叩かれても知らん顔、怪我しているかどうかも確認せず放置したんだからな。君はそれでも奈々生の父親かね、友嗣くん』

おじは、もう怒鳴ってはいないけれど、静かな時ほど怖い。監督を本気で怒らすな。それがチームの言い伝えみたいになっている。

『お願いです、このままではわたしも妻も、世間体が悪くなってしまう……あの子がこの家に帰りたがってるのなら、このまま義兄さんのところで見てやってください。養育費は……いくらでも出しますから！』

『金の問題じゃない！　養育費を支払うのはおまえが親である限りあたりまえのことだ！　だが、あの子はおまえの実の娘なんだぞ？　すこしでいいから、あの子の気持ちを考えてやってくれないか？』

絞り出すようなおじの声が悲しかった。父はわたしを連れて帰りたいのではなく、今回の件を大事にしたくないがためにやって来たのだ。

――迎えに来たのではない。そのことにホッとしながらも、ショックを受けていた。

『もちろん、俺たちはあの子を守る。だがな、この家でもあの子は気を使って暮らしてきたんだ。うちの子の前じゃ遠慮して妻に甘えないし、欲しい物もこっちが聞かないと言わない。それはあの子の母……妹の優子がずっと言い聞かせてたからだ。おじさんたちに甘えすぎないようにって』

『そうよ。優子さんは自分が病気で苦しくても、いつだって人に気を使って……あなたの不倫だって知ってたのに、自分が病気なのが悪いからって耐えてきたのよ？　それなのに、あの女は……弱ってる彼女に離婚しろと迫って！　そんな女を選んだあなたも最低よ！』

『すみません……本当に申し訳ない。わたしは止めることができなかった……奈々生を守れなかった』

『言い訳も後悔もいらん！　おまえに人の親になる資格はない。あの母親もだ！　せめて今からでも、ちゃんとした親になれ！　それが償いじゃないのか？』

『そのとおりです……言われるようにしますから、どうかこの件は内々に……お願いします！』

父は土下座して謝るばかりで、おじはそれ以上責めるのを諦めた。

結局その後は父や相手の家族が顔を出すことはなく、弁護士が間に入った。養育費と慰謝料に加えて『今後一切宮之原と関わらない』『奈々生に父親の相続権を辞退させる』という念書まで持ってきたので、おじは怒ってなかなか示談書に判子を押さなかった。

なによりも向こうの母子が直接謝罪に来なかったから。

——その後、店に続いた嫌がらせの数々。相手が人を雇ってさせていたことは、みえみえだった。

店の悪評も流されたけれど、下町に暮らす周囲の人たちは事情をよく知っていて、なんの効力もなかった。すると今度は問屋やスポーツメーカーにまで圧力をかけて、商品を卸してもらえないところまで追い込まれた。それでしかたなく判子を押したそうだけど、おじたちはわたしのためにいろいろと条件をつけ加えてくれたらしい。

わたしを守ってくれたおじたちの言うことなら、なんでも聞いてあげたい。それほど大事に育ててもらった。

親に見捨てられても卑屈に育たずにすんだのは、この家の皆のおかげなのだから。感謝だけでなく、一生介護するつもりでいた。もちろん、実の息子である慎兄がよければの話だ。慎兄が結婚するなら、その時は出ていくつもりだった。

「おまえは、ずっとこの家にいればいい。わたしたちが守ってやるから」

これまで頼もしく聞こえていたおじのその言葉が、はじめて重くのしかかってきた。

「おはよう、奈々。昨日はあれから大丈夫だったか？」

「う、うん。あのあとは……なにも」

翌朝の執務室。昨日までの甘いムードは、もうふたりの間に存在しなかった。

おじたちからは、仕事はすぐ辞めろ、今日も休めと言われていたけど、それを振り切って出てきた。まあ、慎兄が車で送ってくれたから楽に出てこれたんだけど。まさかおじたちにあれほど反対されるなんて思わなかった。

「嘘だな、その顔は。あのあとも監督たちに反対されたんだろう？　奈々と慎をって話は、今まで何度も聞かされていたんだ。あいつはその気がないみたいだったけど、チームの皆が知ってる話だよ。だから奈々はチームの誰からも迫られなかっただろ？　そんなことすれば、ただじゃすまないからさ」

「おじさんがあの場であんなこと言うなんて……冗談だとばかり思ってたのに」

「たぶん、おばさんのためだろうな。奈々への溺愛っぷりは昔からすごくて……奈々がお父さんの再婚相手の家に引き取られたあと、君を探して夜中に歩き回ったり、夢遊病のようになってたって話は、聞いてないよね？」

「そんなの……はじめて聞いたわ」

誰もそんなこと教えてくれなかった。だけど言われてみれば思い当たる節はいくつかあった。おばは幼い頃から帰りが遅くなると商店街中を探し回ったり、今でも連絡しなかったり遅かったりするとメールや電話が必ず入る。年頃になって彼氏ができなくてもなにも言われなかったし、慎兄と出かけるとすごくうれしそうだった。

――ああ、だからいつも慎兄はカノジョがいることを黙っていろと言ってたんだ。おじさんたちの前には連れてきたこともなかったし、家から会社が近いのにひとり暮らしをはじめたのもそのためだ。

「幼い頃は僕が奈々を好きと言っても、まだ子供の戯言で済んでいた。監督もおばさんも普通に可愛がってくれたよ。だけど中学に上がると、家に行くのはあまり歓迎されなくなった。そして中三で野球部を引退した時……監督から『あまり奈々生に近づくな』と言われたんだ。考えてみれば十四歳の男が十歳の女の子をかまうのは、保護者からすれば気持ち悪かったんだろう」

そう言えば、その頃からカナちゃんはあまりうちには寄ってこなくなった。

それはカナちゃんがおとなになったからだと思っていたけれど、違ったんだ。

「当時は奈々に邪な気持ちなんて持っていなかった。奈々は汚しちゃいけない存在だったからね。だけど、母が亡くなって引っ越すことが決まった時……本気で焦ったよ。ここで離れたら二度と逢えないような気がして。その時、監督に『立派な大人になって奈々を迎えに来たい』って頼んだんだ。だけど『悪いが諦めてくれ。奈々生に未練が残るから、手紙や電話もやめてほしい』と言われた。それでも僕は諦めきれなくて……だから奈々に約束したんだ。他の誰のモノにもなってほしくなかったから。本当はそんな資格は僕にはなかったのに」

「どうして？　わたしはカナちゃんが約束してくれてうれしかったよ」

「ごめん……僕は母が倒れたあと、ヤケになっていたんだ。まだ子供の奈々になにかできるわけもなく、その憤りを他の女性で晴らしていた。そんな僕は汚れてると思った。だから慎も汚してやろうと……それなのに慎は、僕が迎えに来るまで奈々を守ってやると言ってくれた。ずっと約束を守ってくれたのに、僕が迎えに来るのが遅かったから」

当時のわたしはまだ十歳で、大人の関係を知るには幼すぎたんだよね。

「あの時、僕がキスを予約したのは、奈々が誰のモノにもならないように拘束する楔だった。それは奈々には有効だったけど、昨日上野の家を訪ねて実感したよ。ふたりとも奈々を慎と一緒にさせることを諦めてないって」

「でも慎兄は本気じゃないよ。そんな雰囲気になったことないし、他にカノジョもいるし」

「奈々は監督たちに反対されたままでもかまわない？　僕を選んでくれる？」

「それは……」

正直選べるとは言えなかった。娘同然に育ててくれたおじたちの望みは、できるだけ叶えてあげたい。それでも、できることとできないことがある。

「返事は急がないよ。奈々がどれほど上野の家を大事にしているか知っているから。しばらく僕は上野の家に顔を出さないようにする。それからきちんと婚約解消できるまでは、キスだけで我慢してみせるよ」

そう言ってわたしの腰を引き寄せてキスしようとする。

ちょっと待って、キスは解禁なわけ？

「ダ、ダメだよ！　キスはダメ！」

「どうして？　昨日は嫌がってなかったよね？」

「それは……でも、約束したじゃない」

きちんと婚約解消できるまでキスしないって約束は、なし崩しになりかけている。それも昨夜あんなキスを許したから……。車の中での激しいキス。あんなの昼間からシちゃダメに決まっている。

「それじゃ、奈々はキスせずにいられるの？」

カナちゃんが間近から覗き込んでくるから、すごいアップだ。

「あたりまえです！　仕事中だよ？　それに、このあとの経営企画部会議には、わたしも参加することになってるんだからね！」

彼のキスは甘くて、身体が蕩けそうになってしまう。あとの余韻が強くて、すごく困るのだ。

「仕事中じゃなきゃ、いい？」

「よくないに決まってるでしょ！　もう……」

わかってて、からかってるんだ。ずるいよ、カナちゃん。いくらダメと言っても、本気で嫌がってないのを知ってるんだ。

カナちゃんがその気になれば、わたしにキスするのなんて簡単なくせに。

「わかった、我慢するよ。奈々も今日の飲み会では絶対に羽目を外さないように。いいね？」

「そんな、外したりしないってば」

わたしはあまりアルコールに強くない。それも合コンに参加したくない理由のひとつだ。自分が飲まないから、酔って絡んでくる人が余計に苦手でしかたがなかった。

「奈々生、今日はかなり酔ったみたいだね。大丈夫？」

金曜の夜、営業部との合同飲み会のあと、わたしと邦は先輩の部屋に来ていた。

「だいじょうぶ……です。ちょっとお部屋がぐるぐるしてるだけで……」

今晩は先輩のところに泊まることにしていて本当によかった。

　それにしても酔いが回りすぎてくらくらしているなんて……不覚だ。

　絶対に飲みすぎるなと念を押されていたのに、こうなってしまったのはカナちゃんのせいなんだからね！　終業間際にキスなんてしてくるから。それもなかなか離してくれなくて、どれだけするのってくらい長くて……

　執務室まで先輩たちが呼びに来て救出してくれたけど、飲み会の間もボーッとして結構ヤバかったらしい。

　誰と話したのか、どれだけ飲んだのかも覚えていない有様だ。

「ホントにもう、今日はどうしたの？　やけに色っぽいため息ついて、男ども悩殺しちゃってさ」

「わたしにそんな能力ないよ、邦」

　キスの余韻(よいん)て、そんなに続くものなの？　かなり強く抱きしめられて、身体を密着させたりしたから余計に？　発熱したような状態のまま飲んだせいで、お酒がまわりまくっていたのは確かだ。

「営業の清水(しみず)も、井上(いのうえ)も、皆奈々生狙いで話しかけてるのに、ずっと上(うわ)の空だったよね」

「うう、誰となんの話したのかも覚えてない……」

「気づいたら横溝(よこみぞ)の勘違い野郎が連れ出そうとしてたから焦(あせ)ったよ。心配で自分がお持ち帰りする暇なかったじゃん」

「あれを阻止したのは邦のファインプレーだったよ。まあ、邦もたまには男喰ってないでこっちに付き合いなさい。今日はうちに泊まってゆっくり奈々の話を聞く予定なんだからね」

「せっかく丸井さんといい感じだったんだけどなぁ。それよりセンパイ、営業に異動したばかりなのにすでに女ボスですか？　たまにはデキル女の仮面を外して男に弱さを見せないと引かれちゃいますよぉ。こーんなナイスバディしてるのに……もったいなぁい！」

そう言って邦は、先輩の豊満な胸を揉み揉みしてる。邦はちっちゃくてスレンダーで、真木先輩は背が高くて出るとこ出ていてスタイル抜群だ。わたしはちょうどその中間の普通？　ふたりに比べるとかなり地味だ。

「けど、今晩の奈々生の無意識の可愛さはヤバかったね。自分は可愛くないって思ってるんだろうけど、あんたは自分をわかってないね。普段の奈々生は気を張ってしっかり者のふりしてるけど、気を許した相手の前やお酒が入るとこう、かまい倒したくなる可愛さが出てくるのよ。わかる？」

「わかんないよ……自分のことなんて」

カナちゃんも同じようなこと言ってたけど、普段甘えることが少ない分、いったん甘えだすと歯止めがきかないのかもしれない。

『あんまりおじさんたちに甘えすぎちゃダメよ』

ずっと母にそう言われていた。おじさんもおばさんも慎兄のお父さんとお母さんだから、と。

わたしの本当のお父さんは甘えられるほどそばにいなかったし、お母さんも病気で苦しんでいる。おばにも『お母さんに無理言って、疲れさせないようにしようね』と言われていた。

チームの皆はやさしかったけれど、やっぱり男の子の遊びが中心で、わたしが邪魔になると放っておかれた。

そんな中でいつだってわたしをかまってくれたのはカナちゃんだった。だから一番甘えて、頼って、信じてた……。ずっとそばにいてくれると。

会社に入って真木先輩と出会って、はじめて頼れるお姉さん的な存在ができた。指導社員の彼女は仕事面では厳しかったけれど、普段は滅茶苦茶（めちゃくちゃ）やさしくて懐（ふところ）が深くて甘えっぱなしだ。

邦だって……遠慮なくなんでも言ってくるから、こっちも気を使わない。危なっかしいところもあるけど、裏表がないし、度胸と思いきりのよさは見習いたいと常々思っている。

「そうそう、飲み会中に綱嶋くんが心配して何度も電話してきてたよ。それから従兄（いとこ）くんも」

「えっ？　本当ですか？　あっ……マナーモードにしてた。うう、ふたりからたくさんメール来てる」

『飲みすぎないようにしろ。帰りたかったら何時でも連絡してこい。迎えに行くから』って……過保護な父親かっていうの！　ふたりとも別の場所にいるだろうに、カナちゃんからもほぼ同じ内容のメールが来ていて驚いてしまった。あのふたりは離れてても、やっぱり親友同士なのかな？

「それと、昨日綱嶋くんが営業部の橋口(はしぐち)を通して慰安(いあん)旅行に参加したいって言ってきたらしいわ」

確か営業部の橋口さんって先輩やカナちゃんと同期の人だ。

「急な参加は無理だと断ったらしいけど、とりあえず旅行の行程と宿泊先は教えたそうよ」

「……まさか、慎兄も同じこと聞いてきてませんよね？」

「それはないけど、今日行く店の名前は聞かれたわ」

やめてよ、慎兄。先輩と個別に連絡取るのは！　ふたりでタッグ組まれたら最強で、絶対どこに行っても監視されてそう。

「それで、奈々生の気持ちは固まった？　身も心も綱嶋さんに捧(ささ)げてもいいくらいに盛り上がってるんじゃない？　どうしていいかわからないんだったら、経験豊富なこの邦さんが教えてあげるよん」

「まだそれどころじゃないよ。実は昨日、いきなりおじさんたちに挨拶することになって……」

昨日の経緯を端折って話すと、ふたりに呆れられた。

「車の中でキスしてるとこ見られたって……まあ、ヤッてるとこじゃなくてよかったねぇ」

「そっ、そんな……ヤッてって」

あの時、慎兄が来なかったら、キスだけで済んでたかわからない。カナちゃんの手はわたしの胸を触ってたし、キスもだんだん唇だけじゃなく身体の下のほうにいきかけて……あの時のことを思い出すだけで顔から火がでそうになる。

「どっちにしろ、身内には見られたくないよね」

その通りです、先輩！　確かに気まずい。こっちも何度か慎兄がキスしてる現場を見てるけど、見ると見られるとじゃわけが違う。あんなにバツが悪いとは。平気にしてた慎兄がおかしかったんだ。

今朝も慎兄に駅まで車で送ってもらった時、カナちゃんとのことをなにか言われるのかなって思ったら『あんまり遅くなって、おふくろたちを心配させるな』だった。

慎兄なら『ようやく彼氏ができたのかと思ったらかなでかよ』と、からかってくるか、『婚約者のいる男はやめておけ』って釘刺してくるかのどっちかだと思ったんだけど。

今日は飲み会だと話すと『なんだと？』って怒った声を出してたけど、先輩と一緒だと言ったら『まあいいか』と許してもらえた。ホント信用度が高い真木先輩様々だ。

「それにしても、婚約解消前に綱嶋さんの正体がおじさんたちにバレたのはまずかったよねぇ」

「そうなの。それにいきなり慎兄が帰ってくるなんて……平日なのに、どうしてだったのかなぁ」

「あーごめん、奈々生。それ、わたしのせいだわ」

「え、先輩の？」

「昨日はわたしと一緒だと思ったらしく、従兄くんがこっちに連絡してきたのよ。奈々生を迎えに来るつもりだったみたいね。それで奈々生が一緒にいる相手は誰か聞かれたから『上司』と答えたら、えらい剣幕で怒り出してね。どうやら義理の姉の婚約者だって話を親から聞いてたらしくて……フォローしようと『綱嶋くんは奈々生の初恋の王子さまだよ』って言ったら、誰のことかすぐにわかったみたい」

それでカナちゃんと一緒だって、わかってたんだ。

「でもさ、まさかおじさんたちの『奈々生と従兄さんを結婚させる』っていうのがそこまで本気だったなんてね。どうするの……奈々生」

　邦が心配そうに聞いてくる。

「そんなのありえないよ。でも、やっぱりカナちゃんのことは、誰にも祝福してもらえないのかな……」

　たとえ彼の婚約が解消されても、誰にも祝福してもらえないかもしれない。

「ここにいるよ！　あたしらは祝福するよ。そりゃ手放しでよろこべない状況だけどさ」

　邦は励ますように力強くそう言ってくれた。

「ありがと、邦。でも正直言って、このまま上手くいくような気はしないの……」

「それじゃ綱嶋さんを諦(あきら)めて従兄(いとこ)さんと一緒になるの？」

「そんなの絶対無理だよ。兄妹みたいなものだし、それにわたしドMじゃないから。いいとこもあるけど、気に入った相手を責めて追い込むのが大好きなドS野郎だから、慎兄は」

「ぐっ……ドMって」

「真木センパイ、顔引きつってるよぉ？」

　ほんとだ、先輩が狼狽(うろた)えるなんて珍しい。

「と、とにかく、奈々生はまず、婚約の件がはっきりしないことには、と思っているのね？」

　それに解決しても、そのあとの見通しが悪すぎてなんとも言えないけど。

「早くお義姉(ねえ)さんと連絡が取れて、はっきりすればいいのにね。まったくなにしてんだか、その女」

「まあ、今日はそのあたりの事情は置いといて、奈々生の恋バナをじっくり聞かせてもらおうよ」

「ほんと、今まで恋愛の話をしても、奈々生は聞いてるだけだったからねぇ」

うう、邦が手ぐすね引いてる感じ。

でも、本当に今まで聞いてるだけで……話す側に回る日が来るなんて思ってもいなかった。どこまで話せばいいんだろ？ 邦はあけすけすぎるから、いつも一晩に何回したとか、テクニックがどうとか……結構耳年増(みみどしま)になってるんだよね。

今日だけ深夜のおやつ＆スイーツ解禁で、テーブルの上にはいろいろ用意されている。お酒に強い先輩と邦はまだまだ飲む予定らしい。

この後、代わる代わるお風呂に入って、パジャマパーティーは続いた。

「あ……電話」

程よく酔いのさめたわたしがお風呂から上がってきた時、携帯が鳴った。着信はカナちゃんからだ。ふたりの前で電話に出るのは恥(は)ずかしい気がして廊下に出る。

ああ、廊下は冷たくて気持ちいい。

『やっと電話に出たか……遅くにごめん。今どこにいる？』

耳元で聞くカナちゃんの声、好きだなぁ。やさしい声に抱きしめられてるようで……

心地よくて寝てしまいたくなる。

「えっと……今は、真木先輩の部屋の……廊下です」

『奈々、急だけど明日逢えないか？　話があるんだ』

思わずビクッとしてしまった。話って……なに？　なにかあったの？

「あ、明日は先輩たちとショッピングに行って、ランチするって約束してるんですけど」

慰安旅行に必要なものをいろいろと買いに行く予定だ。

『そうか……』

すこしだけ拗ねてるみたいな声が可愛い。

「今、聞いちゃダメな話ですか？」

ここなら、すぐそこに先輩もいるし、ショックの大きい話を聞いても、なんとかなると思えた。

『悪い……できれば直接話したい』

やっぱり、なにかあったんだ……

「奈々生、それ綱嶋くんでしょ？　ちょっとだけ電話代わってくれる？」

先輩が廊下に顔を出して、にっこり笑ってる。なにを言うつもりなの？

『いいよ、代わって』

先輩との会話がカナちゃんにも聞こえていたらしい。わたしは言われたとおり、先輩に携帯を渡した。

「もしもし、わたしだけど……もうちょっと我慢できなかったの？　昨日もだけど、今日もよ！　大変だったんだから……そう、かなり群がってたわ。帰り際にやったでしょ？　昨日の前科もあるんだから遠慮しなさいよ！　身内に見られるって恥ずかしいものよ。――まあその件に関してはわるかったわね。予定を狂わせて」

なんか先輩が説教モードだ！　格好いいなぁ。カナちゃんにスパッと言っちゃうトコ。

「――ダメよ、譲らないわ。明日はこっちが先約なんだから。それで？　……わかったわ、その代わり約束してよね？　――ええ、それでいいわ」

なんの話だろう？

先輩は話し終えると、ポイッと携帯を渡してくれた。

「明日、ショッピングとランチが終わったら、綱嶋くんが迎えに来たいって」

先輩はそう言ったあと、なんなら明日の晩もうちに泊まることにしてもいいと言ってくれたけど、今はまだそうするつもりはない。やっぱり婚約したままだってことが引っかかってしまうから。

『それじゃ明日、待ってるよ。奈々』

携帯越しに甘い声でそう囁かれ、ドキドキし、顔が熱くなる。

ああ……背後で話を聞いてるふたりがニヤついているのがわかってしまう。いたたまれない気持ちになりながら、電話を切った。振り返ると、案の定ニヤけ顔のふたり。

「デートね」

「うん、デートだね」

「デ、デートじゃないです！　話があるだけで……」

でも、休日に待ち合わせて出かけるのはデートになるのかな？

「それじゃ明日はデート仕様にコーディネートしなきゃだね」

「真木センパイ、テーマは手を出さずにいられないコーデっていうのはどうです？」

「よし、邦に任せた。デート仕様はわたしよりあんたのほうが得意分野だものね」

「というわけで、奈々生、明日は任せてね！」

翌日は朝から邦にメイクされ、デート用の服を見立てられた。買い物に行った先で、下着もデート用だと言って、生地がすこし薄くて可愛らしいものをすすめられて購入。

「この下着は絶対に、彼氏の前以外では着けちゃダメだからね」

そう念を押され、ふたりに送り出された頃には三時をすぎていた。

「うーん、あのふたりは僕にどうしろと言うんだろうね」

待ち合わせ場所に現れたわたしを見て、カナちゃんが苦笑いする。

「ダメ、ですか？　こういう服は……」

オフショルダーの白いシフォン生地のチュニックにショートパンツの組み合わせ。これなら車に乗る時もスカートの裾を気にしなくていいからと言われたけど、それならジーンズでもよかったのでは？　こんなに脚を出したのは、小学生の時以来で、ちょっと恥ずかしい。

「ダメじゃないけど、そんなに可愛くしたら危険だとは思わなかった？　ああ、どうしてキスで我慢するって約束したんだ……僕は」

そんなこと、ぼそっとつぶやかないで。

「人のいるところに連れて行きたくないから、とりあえず車の中で話してもいい？」

そう言って大きな公園の駐車場へ車を停めた。

「なにか……あったの？　昨日もおかしかったし」

「実は……君のお義姉さんの行方がわからなくなったんだ。あまりにも連絡が取れないので、翠川にパリまで行ってもらった。だが彼女は、オフィスにもアパートメントにもいなかった。会社にも突然長期休暇を申し出ていなくなったそうだ。休暇届がでてるので事件性はないと思うが……すぐに婚約解消は難しくなってしまったな」

「そう、なるよね……」

義姉は婚約解消する気がなくなったのだろうか？

「そこで、宮之原氏……友嗣さんに連絡を取ろうと思うんだ」

「――父に？」

「ああ。美麗とは形だけの偽装婚約だったことも、互いが帰国する前に婚約解消する約束のことも話すつもりだ。それから、奈々が今は僕の部下であることと、僕たちが幼馴染だということも……」

それを聞いた父はどう思うだろう……義姉を守ろうとする？　それともわたしを責める？

「奈々も一緒に会うかい？　今週末に時間が取れたんだ」

「わたしはいいわ。慰安旅行に行くつもりだし……今更、父に会おうとは思わない」

「まだお父さんのことが許せない？」

「憎んでるとか、そういうのじゃないの。でも会うとか話すとかは……無理。母のことを考えると、父のしたことは今でも許せない。だから、会いたいとも思わない」

この二十年近く、顔もまともに見ていない。父とおじの間で、勝手に会いにこない、わたしに直接連絡をせずすべておじを通す、という約束になっているそうだ。

何度か会いたいと連絡があったそうだが、おじは断り続けてきた。

今更会ってなにを話すというのだろう。言い訳なんか聞きたくないし、聞いたところで母はもういない……

　それでも誕生日には毎年、花が届く。まあそれも、花屋さんとそういう契約をしているからだろうけど。直接愛情を示してもらったことはない。就職先を斡旋してもらった時、なんの意図があって綱嶋だったのかもわからないままだ。その理由だけは聞いてみたいけど。

「僕と奈々が想い合っていることも、話すよ」

「それを聞いたら、どんな顔するかな……」

　自分が母にしたのと同じようなことを実の娘が義理の娘に仕返すなんて、思わなかったでしょうけど。

「宮之原と婚約を解消したら、綱嶋の養父にも話そうと思うんだ。僕たちのことを」

「社長に……わたしのことを話すの？」

「ああ、そして折を見て奈々を紹介したいと思っている。養父にもし反対されて綱嶋の家を出なくてはいけなくなってもかまわない」

　だから安心してと言うけれど、そんなの無理だよ。

「奈々、不安か？」

「大丈夫なのかな……って。本当に婚約解消できたとしても、わたしとカナちゃんはまだ再会して二週間しか経ってないのに、大きな決断をいっぱいしなきゃいけなくて……」

「本当は奈々にゆっくり考えさせてあげたいけど、その先を考えてほしい。……もうこの想いを止めることはできないよ。この先、僕の人生に奈々がいないなんて考えられない。奈々は違うの？」

「わたしは……ずっとカナちゃんが好きだったよ。再会して、義姉の婚約者だとわかっても想いは止められなかった。だけど怖いの。この先どうなるのか……」

「僕だって怖いよ。でも奈々を失うほうがもっと怖い。だから僕たちの関係をすこしでも早く進めたいと思っている。形の上でも、心も、身体も、全部……僕のモノにしてしまいたい。一緒に過ごした時間の短さなんて、もう関係ない。何年、奈々が僕の心の中に住み続けてると思ってる？　奈々の心の中にも僕がいるだろう？」

「もうずっと居続けてるよ……だけど、このまま身内に祝福してもらえなくても……いいの？」

「奈々は、つらいよな……ごめん。僕のほうは身内と言っても綱嶋との縁は形だけだ。後継者という形で迎えてもらったことや、今までの生活費や学費を援助してもらったことには感謝している。だけど一緒に暮らしたことはほとんどない。恩は返さなければと思うが、それは違う形になってもいいかなと考えている。僕にとって大事なのは、奈々との想い出と、この先ふたりで作る未来だよ」

「カナちゃん？」

そっと引き寄せられて……キスされるかと思ったのに、されなかった。

「そんな顔するなよ。せっかく我慢しているのに……」

「我慢？」

「こんな至近距離で、奈々の綺麗な鎖骨や脚を前にして、なにもせずにいる僕を褒めてくれないか？　そろそろ僕も限界だよ……知ってたかい？　車の中でもできるんだよ」

「えっ？　あの……できるって」

ここで？　確かに周りには誰もいない。だけどキスで我慢すると言ったのはカナちゃんだよ？　それぐらいならいいかなって思っていたのに。その言葉に一気に緊張してしまった。

「さっきから誘うような顔して……キスしてほしいのならそう言えよ。こっちは必死で自制してるというのに」

「してない！　そんな……誘うだなんて」

さっきわたしが考えたこと、バレてるの？　あれは、いつもだったらキスしてるのに、してこないから……

ああもう、意識しちゃってる自分が恥ずかしい……。思わず身体を離してしまった。

「逃げないで。逃げられたらさすがに不安になるから……すこしだけ触れさせてくれないか？　その身体に」

「今日のカナちゃんは意地悪だよ……」

「そう？　本当は僕を求めてるのに、いつもダメって言う奈々のほうが、僕的には意地悪だと思うけど？」

「……そんなことない」

「それじゃ、僕から奈々にキスしたりしないから。したくなったら奈々からするか、お願いしてもらえるかな」

「えっ、そんな……」

わたしには無理だよ！　思わず泣きそうになってしまう。

自分からなんてできない。もっと触れてキスしてほしいなんて、言えないよ。

「ああもう、泣くなよ……意地悪したいわけじゃない」

ぐっと涙を堪えてみせた。

——ホントはまだキスするのもよくないってわかってる。

「まったく……僕のほうが降参だよ。奈々にキスしたくて堪らなくて」

カナちゃんはそう言いながら、助手席のシートを倒し、こちら側の席に移ってくる。

真上に彼の影。覆いかぶさりながらちゅっと触れるキス。

それから身体ごと抱き込んでの深いキスがはじまった。

「んっ……はぁ」

カナちゃんと再会してから、深いキスの受け方もすこしだけ覚えた。まだまだされるがままだけど、触れるだけの軽いキスでは寂しいと思うようにもなってしまった。キスされて触れられるたびにおとな扱いされてるのを感じていた。

キスは、唇から首筋や耳元、胸の谷間にまで下りてくる。そのたびに身体がビクッと震えて……

「あっ……ん」

思わず、自分じゃないような高い声が出てしまう。

「奈々……そんな声出されると、止まらなくなるよ」

車のウインドウの外は、日が暮れかけて周りが見えにくくなっていた。

わたしの身体を弄る彼の手が、大胆になっていく。

抵抗するとその手を取って、指先にまでキス。太腿に触れるカナちゃんの下半身が変化していることにも、すこしだけ気づいていた。

さすがに処女のわたしでも、男の人がしたくなるとそうなるってことぐらい知っている。彼の身体を変化させているのが自分であることがうれしい。もう、子供扱いされてないことによろこびすら感じていた。

「ああ、早く奈々の全部を手に入れたいよ。僕のすべてをその身体に覚え込ませて、奈々が逃げられないようにしてしまいたい」

彼の手が服の上から胸に触れる。敏感な尖りのあたりを指の腹で擦られ、全身が震えて思わず彼にしがみついてしまった。

「やっ……怖い」

その先が怖いのか、さっきの感覚が怖いのか、自分でもよくわからない。下腹部がキュンとするような、そんな感覚ははじめてだったから。

「ごめん、焦ってガッついて……」

わたしを強く抱きしめて、その肩口で熱いため息を吐き出した。

「ほんのすこし、奈々が僕のモノだって痕をつけたい。いい？」

その言葉にわたしは頷いた。肩口と鎖骨のあたりに吸いつかれ、生温かい濡れた感触のあとチリッと痛みが走る。

「僕の奈々。誰にも渡さない。綱嶋の名も、今持っている僕のすべてを投げ出してもかまわないから君が欲しい」

「すべてって……ダメだよ！　そんなの」

「大丈夫だよ。働こうと思えば、どこだって働けるさ。綱嶋や宮之原が邪魔するなら、日本を出ればいい。君さえいれば、どこでだって生きていける」

――日本を出るなんて、考えたことがなかった。まともに英語も話せないわたしが国外に出てやっていけるのだろうか？　なにより、世話になったおじさんやおばさんを残して出ていけるの？

「そんな顔するなよ……例えばの話だ」

そう言って、空いてる手でポンポンと頭を撫でてくれた。

「それはそうと、もう帰ろう……これ以上こうしていると、止められなくなる」

彼は運転席に戻っていく。離れるのが寂しいと思ってしまった瞬間だった。

いつもは義姉に対する罪悪感でいっぱいだけれど、今日はいつもよりそれが薄く感じる。

カナちゃんが婚約解消に向けて具体的に動いてくれていることを知り、すこしホッとしていたのだろう。

実際に婚約解消となれば、上野の家に報告したり、綱嶋社長と話したりと、わたしも覚悟を決めなきゃいけない。でも、それはまだすこし先のことだと考えていた。

6　越えられない一線

「ちょっとお手洗いに行ってくるね」

「一緒に行こうか？」

「すぐ戻ってくるから大丈夫だよ、邦」

週末、慰安旅行の宴会場は盛り上がっていた。

料理も海鮮の幸がいっぱいで美味しかったし、大広間は自由に移動しやすく好評だ。旅館にしたので皆、浴衣姿で雰囲気もよく……わたしも先輩たちと浴衣に着替えていた。

今度こそ飲みすぎないようにと言われていたので、お酒はかなりセーブしていたつもり。

今日のカナちゃんは宮之原の父と会うことになっていたけれど、どうなったのだろう……心配だけど、まだ連絡はなかった。

「上野さん、待って」

振り返ると営業部の……えっと誰だっけ？　名前は忘れたけど、確かこの間の飲み会にいた人がいきなり声をかけてきた。

「よかったら中庭でも散歩しない？　宴会場、やたら暑いからさ」

「いえ、お手洗いに行きたいので、結構です」

嫌な感じがして、慌ててトイレに駆け込んで用を足したあと外に出ようとして……焦った。

なんでさっきの人がトイレの出口で待ってるの？

そういえばこの人、飲み会の時も、人の話をまったく聞いてくれなかったっけ。

ヤバイと思い、先輩に電話しようとしたけど、携帯と財布、先輩に預けたままだった。手荷物を持つのが面倒くさいからって、邦と三人分、先輩のポーチに押し込んでいたのだ。

しかたがない。とりあえず突っ切ろうとダッシュしたけど、すぐに捕まってしまった。

「待ってよ、上野さん。恥ずかしいのはわかるけど、逃げないでよ。もう、可愛いなぁ」

やだ気持ち悪い……いきなり腕を強く掴まれて、ゾッとしてしまった。

「すみません、放してください。散歩には行きませんから」

「そんなつれないこと言わないでよ。この間の飲み会の時も、僕の話を聞いてくれたじゃないか」

嫌がっているのがわからないの？

『奈々生は普段男の人にあんまり自分から話そうとしないから、やたらおとなしくて初心な女の子だって思われているみたいね。実際は別にそうじゃないのにねぇ』

先輩にもそう言われたけど、わたしはおとなしい子じゃないし、別に男の人と話すのが苦手なわけでもない。ストライカーズのＯＢとは馬鹿話もするし、どちらかというと男の子っぽいほうだ。ＯＢたちが酔ってるのを窘めることも、無茶しようとする時に制することもある。

「ねえ、よかったら僕らの部屋にこない？　夜景が綺麗なんだ」

「いえ、結構です。うちの部屋からも見れますから」

酔ってるんだろう。はっきり断ってもニヤニヤしながら肩に手をかけてくる。

やだ……触らないで！　こうなったら最後の手段。慎兄たちに教わった必殺の○的蹴りで……と片膝を上げかけた瞬間、背後から聞き慣れた声がした。

「僕の部下になにをしているんだ？」

いつもより低めのトーンで、怖いくらいの剣呑さを孕んだその声は、カナちゃんだ。

彼はわたしの腕を掴む男の手を結構な強さでバシッと払うと、抱きかかえるように男から引き離した。

「えっ？　綱嶋……統括部長が、なんで、ここへ……」

「彼女に所用があって立ち寄らせてもらった。君は、誰だ？　彼女になにか用があるのか？」

「な、ないです。なにも！　す、すみません！　失礼します！」

その人は慌てて走り去っていった。

「カナちゃん……本当に来たんだ」

慰安旅行先の廊下でバッタリ偶然なんてあるわけない。先輩から来るかもしれないと聞いていたけど、まさか本当に来るとは思わなかった。

「なにやってるんだ。奈々の携帯に電話したら真木が出て、トイレから帰ってこないって言うから心配して来てみれば変なのに捕まってるし……あれが、横溝って奴？」

「知らない。勝手に待ち伏せされてただけだよ？」

「本当か？　約束していたとかじゃないよな？」

カナちゃん、さっきから口調が違う……もしかしてすごく焦っているというか怒ってる？

「頼むから……他の誰かに触れさせないでくれ。僕はそいつを殴りたくなる」

「えっ？　カ、カナちゃん？」

怒った顔して抱き寄せられる……でも、誰かに見られたらどうするの？　ここじゃヤバイよ。

「ダ、ダメだよ、会社の人がたくさんきてるんだよ？」

「……わかった、僕の部屋に行こう。空いてた部屋を取ってある」

抱き寄せられたまま、別館のほうへ連れて行かれた。

皆が泊まるのは本館だから、離れた場所にある別館だったら誰かに見られることはないと思うけど……いいのかな？　部屋に入っちゃって。

カナちゃんの泊まる部屋は離れの和室で、外には露天風呂がついていた。

「ここしか空いてなかったんだ」

そう言って部屋の中に押し込められてしまう。

「カナちゃん、わたし一旦戻らないと……」

先輩や邦たちが心配する。さっきの営業の人だって、なにか言いふらすかもしれない。

わたしはいいけど、カナちゃんには立場ってものがある。

「帰さないよ。奈々……君はどうして、酔っ払った男の前でああも無防備なんだ？」

「そんなことない！　ちゃんと逃げてるよ？　今までだって……」

「本当に逃げられるのなら、逃げてみれば？」

「やっ、痛っ……」

片腕を捕らわれ、そのまま隣の部屋へ引きずっていかれてしまう。彼がふすまを開けると、そこにはお布団が敷かれていた。

「ほら、逃げられないじゃないか。さっきの男もこうやって奈々を部屋に連れ込みたかったんだ。それをわかってるのか？」

布団の上に放り出され、起き上がろうとしたところを上から圧し掛かられた。両手両脚を押さえ込まれると、もう逃げられない。

——どうして？　今までこんな風に扱われることはなかったのに。

「重っ……カナちゃん、どいてよ」

男の人の身体がこれほど大きく重いなんて……ちいさい頃は慎兄とじゃれあうような

喧嘩をしたことがあるけど、こんなに力の差があるとは思わなかった。

「あんな男に腕を掴まれて。ずっと大事に想ってきたのに……この間の電話で真木にも言われて、婚約解消するまで奈々に触れないよう、この一週間我慢してきたんだぞ」

そういえばこの一週間、彼は出かけることが多く、キスする時間もなかった。

「奈々に触れられないことが耐えられない。他の男に触れられるのも嫌だ。ダメだよ、奈々の身体に触れていいのは僕だけなんだから」

「他の人となんて、ないから……」

「わかってるよ。だけど実感したいんだ、僕だけのモノだと。ああ……今まで逢いに行けなかった自分を責めるよ。中身は離れ離れになったあの頃のままなのに、こんなにも大人になって、想像以上で焦る。すこしぐらい幻滅させてくれないと抑えがきかないよ」

それはこっちだって同じだ。すこしぐらい幻滅させてくれればいいのにと思う。

こんなふうに切羽詰まって焦ってるカナちゃんも可愛く思えてしまう。

「まあ、奈々がおむつしてた頃も知ってるから、今更なにも幻滅することなんてないけどね」

「もうっ、それは言わないで！　でも焦らなくても、カナちゃん以外に触らせたりしないのに」

――もし彼が自由の身になったその時は……カナちゃんのモノになりたいと思う。

だけど、その先のことが不安で堪らない。婚約解消したとしても、その後釜にわたしが座るとなったら、いろんな風に言われるだろう。それが怖くて、彼の誘惑に流されそうになる自分自身にブレーキをかけていた。

「心配なんだ……奈々は無防備すぎて。これでよく今まで無事だったと思うよ」

「そんなに心配しなくても……わたしはもう子供じゃないよ。さっきだって、自分でなんとかできたんだよ？」

必殺技を出そうと思ってたんだから。酔って他の女の人と間違えて抱きついてきた野球チームの仲間も、これで何度か沈めたことがある。

「奈々がもう子供じゃないのはわかってるよ。わかってるから困ってるんだ！」

首筋に顔を埋められ、かかる吐息の熱さに思わず身体が震えてしまう。

わたしを捕らえるその手は強引で、弄るように身体のラインをなぞっていく。

「さっき、他の男が奈々の腕を掴んでいるのを見て、すごく不愉快だった。誰にも触らせたくない。一刻も早く僕のモノにしてしまいたい」

するりと帯を解かれ、羽織ごと浴衣が開かれた。

「あっ……ダメっ！」

下着姿を無防備にさらしてしまう。

どうしよう……このまま彼のモノになっていいの？　まだ、婚約解消できていないのに。

迷いはあるものの、激しく抵抗しないわたしがいた。だって、嫌じゃない。カナちゃんになら、なにをされてもかまわないと思っている自分がいる。

彼はわたしに跨ったままスーツの上着を脱ぎ、ネクタイを引き抜いた。

下から見上げる彼は大人で、こんな状況に慣れているように見える。その仕草のひとつひとつが、たくさんの女性を夢中にさせてきたのだろう。そう思ってしまうほど艶かしく見えた。

シャツのボタンを外すと割れた腹筋が目に入る。スーツの上からでも引き締まって見えたけれど、これほどだなんて……。無駄なく鍛えられた身体が露わになっていく。

見つめているだけで胸が苦しくなった。

彼に触れてみたい、触れられたい。——たとえ許されなくてもカナちゃんが欲しい。

今はまだ婚約者のいる彼と、これ以上先に進むことは許されないというのに。

「怖い？　このまま僕のモノになるのは嫌？」

「怖いよ……でも嫌じゃない。カナちゃんが好きだから」

「奈々、僕も大好きだよ。君が嫌がっても、僕のモノにしてしまいたいほど」

わたしの顔を両手で挟み込んでキスがはじまる。舌先が這い回り彼がわたしの唇を開こうとしているのがわかる。わたしは素直に唇を開き、それを受け入れた。

密着する彼の素肌は、すこしお酒を飲んで赤くなっていたわたしよりさらに熱かった。

「僕がつけた痕が、もうこんなに薄くなってる」

「んっ」

チュクッと以前つけたキスマークの上から、ふたたび吸われる。そのまま唇を首筋に這わされ、耳たぶを甘噛みされ、それだけでわたしの身体は震えてしまった。

「あっ……んっ」

甘い声が吐息とともにわたしの口から漏れる。

こんないやらしい声をわたしが出すなんて……

「奈々、可愛いよ。全部食べてしまいたいほどに」

彼は器用にわたしのブラを外すと、胸に触れた。大きくはないその胸を何度もやさしく揉みしだかれ、彼の吐息を感じて胸の先が尖ってしまう。

ふたたび首筋から胸元へ、そして胸の先へと彼の舌が蠢いていく。

胸の周りを何度も舐められるうちに、その先に触れてほしくて、待っている自分に驚く。

「美味しそうで、もう我慢できないよ」

「ああっ……」

ピチャリと生温かな舌先が頂に達する頃には、恥ずかしいほど待ちわびてしまっていた。

「堪らないな、奈々のその顔。感じてるのが恥ずかしいかい？　いいんだよ、もっと乱れても。ちゃんと感じて……気持ちいいならそう言って」

「やぁ……言えない、そんなの」

だけど、胸の先をきつく吸われるたびに、下腹部がキュンとして閉じた脚を擦りあわせてしまう。

「言わなくても言ってるのと同じだよ。僕も……ほら」

カナちゃんは腰をグリッとわたしに押しつけてくる。ズボンを穿いたままなのでどうなっているのかは見えないけれど、硬く隆起しているのがわかる。

「早く奈々の中に入って、ひとつになりたい。僕のモノだという証を残したい……」

カナちゃんが中に？　その未知の行為に怯えてしまった。

ふたりの関係が見通せる仲だったら、身体を委ねられたかもしれない。だけど……この先本当にどうなるかまだわからないのに、このまま抱かれてもいいの？

婚約破棄をしたいと言っているのは今のところ彼だけで、もし義姉がこのまま婚約破棄を受け入れなかったら……わたしは義理の姉から婚約者を寝取った女と一生言われるだろう。

うちの家族が継母をそう言っているように。

——ダメだ……そんな自分は許せないよ。

「……やっぱり、無理！」

「奈々？」

ここまできて決心がつかないなんて、どれだけ小心者なんだろう。わたしの心も身体も彼を求めているのに、怖いだなんて。

「わたしには無理だよ……。義姉のことがちゃんとしてからでないと」

「奈々の気持ちもわかるよ。それでも……僕は奈々が欲しい」

「ごめんなさい……」

「その気にさせてみるよ。一晩かけてでも」

「やっ……ダメ、カナちゃん！」

愛撫を再開しようとする彼を押しのけようとしたけれど、その手を捕らえられ頭上で押さえ込まれてしまう。

無防備になった胸に吸いつかれ、ジタバタと脚を動かして暴れる。しかし、それすら彼に脚を絡められ動けなくされて、もうここまでかと諦めかけたその瞬間——カナちゃんの脱ぎ捨てた上着のポケットが震えた。

「奈々を救い出しに来たな……」

もしかして、先輩？　あのままいなくなったから、心配させてしまったのかも！

カナちゃんはわたしの上からどくと、上着に手を伸ばし携帯を取った。

「ああ、一緒だ。別館の離れの楓の間……わかるか?」

電話に出ている彼を尻目に、わたしは慌てて浴衣を着直す。ブラは外されてるし着崩れて酷いことになっていた。このまま顔を合わせるのは恥ずかしくて、どこかに隠れてしまいたかった。

電話を切ったあとも、そんなわたしをカナちゃんは笑いながら見てる。意外と意地悪だ。

「真木と奈々の同期の子も、今からこっちに来るそうだ。出たくなかったら隠れてていいよ」

そうだよね。この顔を見られたら、なにしていたか絶対先輩たちにバレるもの!

ほどなくインターホンが鳴ったけど、カナちゃんに出てもらってわたしはふすまの陰に隠れた。

「真木、悪かったな」

「心のこもってない謝罪はいらないわ。奈々生が出てこないのを見ると、お邪魔だったかしら?」

「ああ、邪魔だね。わかっていて奈々を迎えに来たのだろう?」

「そうよ。わたし、言ったわよね? 今はまだ下手に動くなって」

「それでも、今夜は奈々を帰さないと言ったらどうする?」

なんか険悪なムード? どうしよう、出たほうがいいのかな?

「奈々生次第よ。あの子が帰るつもりなら連れて帰る。そうでないなら……退散するわ」

「先輩……邦」

わたしが顔を見せたので、ふたりはホッとした表情になる。やはり心配をかけていたらしい。

「奈々生！」

「無事だったのね。心配したんだよ？　なかなか帰ってこないから」

「ごめんなさい……」

「いいのよ。でも、奈々生が帰りたいかどうかの返事を聞く前に、確認しておきたいことがあるわ。綱嶋くんはいったい今後どうするつもりなの？」

「婚約はすぐにでも解消してみせる。それは絶対だ」

「それは……信じていいのね？」

「ああ。実は今日、宮之原氏と……奈々の父親と会ってきたんだ。奈々とのことも包み隠さず話して、婚約解消の話は改めて宮之原のほうからすると言ってもらえたよ」

そうだ、その結果を聞きたかったのに……すっかり忘れてしまっていた。

それにしても、あの父が自分からそんなことを言い出すなんて。義姉（あね）に不利になるようなことをするとは思わなかった。

わたしのため？　それとも義姉（あね）から申し出た形を取ってやりたいだけなの？

「へえ、奈々生のお父さんって意外とまともだったのね。もっとダメな人かと思ってたけど」

「ですよねぇ、今までの話だとそんな感じなのに」

本当だ……。わたしのせいにして、継母と一緒に責めてくると思ってたのに。

「奈々に対しては、今までのことも謝っていたよ。悪いことをしたって」

「本当ですか？」

すこし信じられなかった。父がそんなふうに言うなんて……

「君のお父さんもわかっていたようだね。美麗が信用できないということは……。もちろん僕も、今後一切彼女の言うことを信じるつもりはない」

「相当な嘘つき娘みたいだしぃ」

「好感は持てないわね」

先輩も邦も、相変わらず義姉に対する評価は辛辣だ。

「このことを、早く奈々に伝えたくて急いで来たんだ。あとは宮之原からの申し出を綱嶋がどう取るかだが……社長には僕からきちんと話すつもりでいるよ」

「それでも反対されたらどうするつもり？」

「その時は会社を辞めて綱嶋から籍を抜いてもいいと思っている」

「そんな、カナちゃんが辞めることなんてないよ！　今まで必死に頑張ってきたのに……」

「もちろんそれは最終手段だよ。以前からアメリカの企業に誘われていてね……向こうには留学時代の友人も多くいるから。皆、本当の僕を知ってくれている友人たちだよ」

——カナちゃんは、きっと留学している間は自分を偽らずに自由に過ごしていたんだろうな。そんな国に行ってみたい気はする。英語は話せないけれど。

「その時は僕についてきてくれるよね？　奈々」

「アメリカ……に？」

行けるのだろうか？　日本にいる限りは上野の家になにかあれば、すぐに駆けつけられる。だけどアメリカに行けば、そういうわけにいかなくなる……

これって、カナちゃんか上野の家か、どちらかを選ぶってこと？『上野の家を捨てる』、それは今までのわたしにとってありえない選択だった。

「今の言葉、紛れもなくプロポーズだよね。だったら、その言葉を信じてわたしらは退散するよ」

「あっ……」

そういうことになるんだ。先輩がポンポンってわたしの頭を撫でる。その手がどっちを選んでも味方だよって、言ってくれているようで頼もしかった。

「……一緒に帰る？　どうするかは奈々生次第だよ」

心配そうな先輩のうしろで、邦が『帰ってくんな！』ってジェスチャーしてる。

「あの……今夜はこのままカナちゃんのところにいたいです」

「それがどういう意味か、わかっているよね？」

「今後なにが起きても後悔しないためにも、わたしはここにいたいです」

「わかった。それじゃ携帯を返しておくわね。無理だったらいつでも連絡しなさい。ドア蹴破ってでも連れて帰ってあげるから」

先輩なら本当にやりそうだ。

「ま、その顔なら……いっか。後悔しまくってる顔してたら連れ帰るつもりだったけど」

「真木……君は僕に恨みでもあるのか？」

「正直言って、あんたのことはどうでもいい。奈々生が泣かずに済むならね。でもそれはもう無理そうだから、奈々生が後悔しないようにしてやって。要するに逃げられたくなければ、本当に解決するまでは最後まで——……」

「それってどういう……」

先輩とカナちゃんは、急に声を潜めはじめたので、途切れ途切れにしか会話が聞こえなくなる。

「この子は頭が固いのよ。あんたさっき選べって言ったでしょ？　この子に選べると思ってるの？　今選んでもあとで後悔して……」

「それは困るなぁ……」

「でしょう？　だから頑張れ、我慢……」

小声でなにか言ったみたいだけど、聞こえなかった。

「奈々生！　あたしもセンパイも、なにがあっても味方だからね。ふたりのこと祝福するから」

「邦……ありがと」

一番ほしい言葉を邦がくれた。わたしの想いが肯定されたようでうれしかった。

「十四年越しの初恋が実るなんて、そんな奇跡はあんたたちじゃなかったら起こせなかったと思うよ。まあ、奈々生の純粋さと周りの人間に感謝してよね、綱嶋くん」

「ああ……感謝してる。心配かけるけど、僕も本気だから……約束するよ」

「それが聞けただけでも、安心して預けていけるわ。明日の朝には返してよ。夜中の返品は受けつけないから、耐えてね」

そう言って先輩たちは行ってしまった。

すこしだけ、肩の力が抜けた……。認めてくれる人がいる、それだけでどれほど心が楽になるか。

「まいったな……痛いとこ突かれたけど、あいつが一番奈々のことわかってるんだろうな」

ため息をつきながら部屋の中に戻るカナちゃんのあとについていく。

「カナちゃんと先輩はさっきなにを話してたの？」

「奈々が後悔するようなことをするなって言ってきたんだよ。だけど、なにもせず一晩我慢するなんてもう無理だ。奈々は、僕と離れて寝たい？　それとも一緒がいい？」

離れて寝るのなら、ここに一晩いる意味がない気がする。

「一緒が、いいです」

「それじゃ約束してほしいんだけど、いいかな？」

振り向いたカナちゃんがわたしの手を取って引き寄せる。

「奈々のはじめてを僕にくれるんだよね？」

「そ、そのつもりだけど」

「それじゃ、その時が来るまで、会社を辞めたりせず、僕のそばにいるって約束できる？」

「う、ん……約束する」

もし、おじたちを選ぶとしても……一度だけでもいいから、カナちゃんのモノになりたい。

「その約束を破ったら、奈々が一番恥ずかしい場所で犯すからね」

「へっ？　カ、カナちゃん？」

信じられない言葉が彼の口から聞こえたような……

「大丈夫。ちゃんと気持ちよくなるようにしてあげるから」

そう言って妖艶に微笑む彼の口の端が綺麗に引き上がるのを見て、ゾクゾクしてしまった。

なに、今の……普段の王子さまではない。昔の爽やかなカナちゃんでもない。わたしを欲しがっている男の人だ。

「ねえ、奈々。今から一緒に寝たら、なにもせずにいられないのはわかるよね？」

「う、うん」

「今日は最後までしないから……奈々の全部に触れていい？」

「えっ？　どうして……」

しないの？　……その意味がよくわからないまま、わたしは赤ちゃんみたいに抱え上げられてしまう。

「それじゃ奈々、向こうの部屋に行って、布団の上でさっきの続きをしようか」

こんなカナちゃん知らない……怖いけど魅惑的で、わたしはまるで捕らえられた小動物のように彼の腕の中に閉じ込められ、布団へ運ばれた。

「今夜は……寝かせてあげられないかもしれないけど」

カナちゃんはわたしの顎をすくって微笑む。

その言葉の意味がわかったのは翌朝で……そこから長い時間、拷問と言っていいほど激しくて甘い愛撫をその身に受けることになる。

彼の隠していた本性を暴くには、不安と嫉妬と執着があればいいと教えられた。そのすべてを引き出すのは簡単で……わたしという、彼が執着した存在が逃げ出そうとするだけでよかったのだ。

「安心して、最後までしないから」

どこもかしこも彼が触れていないところはないと言うほど、その指と舌で触れつくされている。

下着の上から触れられるだけでも感じてしまったわたしは、ブラを外され、上半身に触れられている間から、どうしていいのかわからないほど身体中がもどかしかった。

深いキスに加えて耳元や首筋にキスされると身体から力が抜けてしまうのはわかっていたけれど、直に触られるとこれほどおかしくなるなんて……今までそんな触れ方があるなんて知らなかった。

触れるか触れないかのようなやさしさで指を這わされ、キスされたりその濡れた舌先で触れられたりするとわけがわからなくなる。胸の先を舐め上げられた瞬間、身体が震えた。

下着のクロッチの上から、敏感な蕾を擦られると、あまりにも気持ちよくて思わず声が出てしまった。

「あっ……ん」

「可愛い声だね。もっと聞かせて」

それでも怖くて身体を強張らせてしまう。

「最後までしないってことは、僕は奈々の中に入らないってことだよ」

わたしに押し当てられた彼のものは熱くて硬いのに？　これってカナちゃんがわたしを欲しがってる証拠だよね？　それなのに、しなくていいの？

「だから安心していいよ。いくら感じてイキまくっても、奈々は綺麗なまま。だけど、僕は触れずにいられない。最後までしないから、それ以外は全部させてもらうよ。まずは……感じて、イクのを覚えて」

「イクって？　っ……や……っん」

うしろから抱きかかえられたまま、彼の指が執拗にそこを攻め立てる。

「やだぁ、それ……もう……んんっ」

「イッて、ほら……」

「んあぁっっ！」

ビクビクと身体が震え、脚が引きつるように痙攣してしまう。その間は呼吸できなくて、ようやく息ができても身体の震えが止まらず……はじめてイクということを教えられた。

「下着の上から触っただけで、これほど感じてくれるなんてうれしいな」

「カナちゃん……今の、なに？」

「奈々の身体が気持ちいいって、叫んだんだよ。今夜はたくさんイクといいよ。いつか……僕のモノになる時、すこしは痛くなくなるかもしれないから」

「今日でも……いいのに」

「そんなことをしたら奈々は罪悪感でいっぱいになるだろ。だから最後まではしないよ……奈々がいいと言うまで」

「それで、カナちゃんはいいの？」

「一緒に気持ちよくなる方法は、いろいろあるから心配しないで。それに今からココを慣らしておかないと。奈々がつらくなるからね。こんなに狭かったら僕が入る時に困るだろう？」

「ごめんなさい……」

「謝らないで。狭いのは悪いことじゃない。奈々ははじめてだから。いい？　直に触れるよ」

そう言って、下着の中に指が入り込む。

くちゅっと濡れた音がするのは、さっきわたしがイッたから？　まだそこはじんじんと熱く、疼くような感覚が抜けない。

もどかしくて、だけど直接触れられるとすこし怖くて、彼の手を膝で挟んでしまう。

「今日は痛い思いはさせないから、ずっと気持ちよくなって」

「どうして……我慢しなくていいのに。わたし、もう……」

　決めているから。カナちゃんのモノになることを。でも……おじたちとどちらか選べと言われたら、きっと選べない。

「今夜は抱いてほしいと懇願されても抱かないよ。一生抱きたいから、今は抱かないんだ」

「そんな……今しているこれは？」

「奈々を離れられなくさせるため。それと触れたくて抱きたくて堪らない僕のためにしてることかな。本当は奈々を最後まで僕のモノにしたい。だけど、今はしない。奈々が逃げないと決めた時、最後まで抱かせてもらうよ。その時は、嫌だと言っても止めないから……何度でも抱くよ。だから、今夜は安心して感じて。僕の指を、舌を……」

　彼の指がわたしの中へと入り込んで艶かしく動き回る。

敏感な部分に触れ、濡れた襞を擦り、どんどんいやらしく濡れていくわたしを、あっという間にもう一度イカせてしまった。

　そのあとも休ませてもらえず、彼の指に中を浅く擦られては、溢れた愛液がシーツに濡れたシミを作り出していった。

「やぁ……また、イッ……ク……んっ」

　経験もないのに、こんなにイカされてばかりで……わたしはどうすればいいの？

何度もイカされたあと、ぐったりとしていると外の露天風呂に誘われた。

「無理……起き上がれない」

「かわいそうに。誰が奈々をこんな目に遭わせたのかな？」

「カナちゃんでしょ！　もう……酷いよ。こんなの」

「でも気持ちよかったでしょ？」

「バカッ！」

枕を投げつけてやった。

「しかたないな。お姫様をお風呂に入れてあげるよ」

「ちょっと待って！　お風呂って、別々に……だよね？」

「まさか、一緒に決まってるだろう。奈々が四歳ぐらいまで一緒に入ってたじゃないか」

「そんなの覚えてないよ！」

あははと笑ったけれど、結局本当に一緒に入ることになってしまった。

「カナちゃん、お風呂に入る時もコンタクトは外さないの？」

「急に泊まることにしたからね。準備してこなかったんだ……この瞳は嫌？」

「嫌じゃないよ。だって声も視線も笑い方も、全部カナちゃんのままだから……」

わたしから彼の首に抱きつきキスをする。熱く濡れた身体が密着して、互いをおかしくした。

湯船の中でもずっと愛撫され続け、のぼせると縁に腰掛けさせられて、膝を開かれる。わたしのそこに顔を埋められ、ピチャピチャと音を立てて舐められるのが恥ずかしくて、でも気持ちよくて……

腰に巻いた彼のタオルが持ち上がっているのがわかり、すこし怖かった。

「見ないでいいから、触れてくれる？　これが奈々をほしがっている僕だよ」

そう言われ、恐る恐る湯船の中で触れたソレは、大きくて硬くて熱くて……

「ごめん、我慢できそうにない。奈々に触れられるだけでイキそうになる。最後までしないから、すこしだけ我慢してて」

そう言って、カナちゃんはわたしの脚の間に猛った欲望を挟んで擦りつけた。

激しく腰を動かすカナちゃんの表情はすごく綺麗で艶っぽくて、思わずゾクゾクする。

「あんっ、また、イッ……ちゃう」

敏感な下の突起を彼のモノに擦られ、指や舌とは違う激しい快感を与えられ、あっけなくイカされてしまう。

それも、すぐに終わらない、長い……絶頂。

ピリピリと皮膚の表面が粟立ち痺れる感覚。

「ああ、僕も……もう、くっ……」

その瞬間の切ない表情がすごく綺麗で堪らなくて……はじめて身体のナカが戦慄き、

カナちゃんが欲しいと熱望した。彼が強く抱きしめビクビクと果てる間中、それは止まらなかった。

「すごいね……奈々は。最後までしてないのにすごく感じて、堪らない。僕のモノ、まったく収まる気配がないんだけど」

お風呂から上がっても、余韻冷めやらぬカナちゃんはわたしを抱きしめる手を離さない。

わたしだって……身体中が敏感になったままだし……だけど、これ以上はもう体力がもちそうにない。

「これ以上のことなんて……絶対、無理だよ」

最後まですると、もっとすごいのかと思うと怖くなる。だけどこんなに互いに感じあって、それでもしてないなんて言い訳が通るのだろうか……

「大丈夫、もっと気持ちよくしてあげるよ。ああ、早くつながって奈々を他の男では満足できない身体にしてしまいたい。もしも、僕がいない間に他の男に取られていたとしたら、身体ごと落とす計画を立てていたんだよ」

そんな恐ろしいことを言って……どうなっちゃうのよ、これから！

「他の人なんてありえないのに」

「僕も奈々以外考えられない……早く僕のモノになって？　できれば、すべての条件がクリアになるのを待てないほど求めてもらえればうれしいけれど」

「そんな……無理言わないで」

「その無理を言わせたいんだ」

「もう……あっ……ん」

そのあとも緩慢な愛撫は続き、明け方になってようやく解放された。

そして素肌のままで彼の腕に抱かれて眠った時間は、多分これまでの人生の中で一番の至福だった。

彼の腕に抱かれながら、これからもそばにいるようにと約束させられた。

それでいいのかな……わたしは彼のそばを離れなくても、いいの？

──その直後、強制的に答えを出すことを迫られるとは思いもしなかった。


「おまえが上野奈々生か？」

旅行から帰ってきた翌日の月曜日、いきなり執務室に現れたのは綱嶋物産の社長だった。

「はい。あの、綱嶋統括部長は先ほど出かけられましたが……お呼びしましょうか？」

「いや、いい。用があるのはおまえだ」

なんなの、この迫力……。社長はオーラの強い人だと思っていたけれど、対面するとなおそれを強く感じてしまう。おそらく社長はわたしとカナちゃんの関係を聞きつけて、ここに来たのだ。

「宮之原氏からいきなり婚約解消の話を聞かされてな。おかしいと思ったよ。奏はここのところ食事や酒席に誘っても出たがらないし、夜もすぐに帰りたがる。女かと思い調べさせてみれば、部下……それも婚約者の義理の妹とはな」

「あの……社長、わたしは」

わたしがカナちゃんの幼馴染だということは知られてないのだろう。この人はカナちゃんの過去を『いらない』と言った人だ。その人に幼馴染だったと言ったところで、反感を買うだけかもしれない。

「しかし父親を奪われた仕返しに義姉の婚約者を奪うとは……それほど恨んでいたのか？」

「そんな……」

奪っていない、恨んでいないとは言い切れなかった。

婚約者のいる相手を好きになって、未来を夢見た。お互いに想いあっているから、昔の約束があるからと理由をつけて正当化していた。

これじゃ不倫したり浮気したりする人と同じだ。まさかそんなことを自分がするなんて。そしてそのことを社長に知られてしまったなんて！

——ああ、やっぱりもうこの会社にはいられない。

わかっていたことなのに、他人からその事実を突きつけられた瞬間から、脚がガクガクと震え出していた。

「まあいい。誰を恨もうが、おまえの勝手だ。しかし、この婚約がなくなったところで、おまえがその後釜に座ることはない」

それはわかっている。認めてもらえないことなど……

「その顔は、どうやら自分のやっていることは理解できているようだな。ではおまえがこの会社に残ることが、奏や我が社にとってよくないこともわかっているな？」

「…………はい」

このままわたしがここにいても、カナちゃんのためにはならない。

「ならば自分から辞めるんだ。今週中に退職届をわたし宛に提出しろ。そうすれば退職金は弾んでやろう。クビになるよりましだろ。もちろん今後、奏とは会わないというのが条件だ」

やっぱりそうなるんだ……だけど社長に逆らったところでどうしようもない。パワハラだと言って法律に訴えても、自分が傷つくだけだ。

だからといって、お金目当てで辞めるのも癪に障る。そんなものが欲しいんじゃない。そのことだけは、この想いだけは貫きたかった。

お金……そんなものと引き換えに、なにかをなくすのはもう嫌だ！

「クビにしたければ、どうぞかまいません。それでカナちゃんがしあわせになるなら、わたしは彼の前からすぐにでも消えます。そのかわり、ひとつだけお願いがあります。彼に本当の家族を作らせてあげてください。一緒に暮らして、ちゃんとワガママが言えてたくさんの想い出が作れる、そんな家族を」

　彼の幸福を考えると強気になれた。社長には、たとえ養父でも親らしく、息子のしあわせを考えてほしかった。たとえ彼の未来にわたしがいなくても……

「そんなもの、綱嶋のトップに立つ人間になんの必要がある？　綱嶋の後継者としてふさわしい配偶者がいればそれでいい。宮之原の他にも縁談はある。まずは会社に益をもたらす者でなければならん。奏には、そのために綱嶋の名前を与えてやったのだからな」

「そんな……お願いですから、彼の気持ちを考えてあげてください。……お金で家族や想い出は買えないんです！」

「必要なのは学歴と実績、あとはうしろ盾になる名家の娘だ。おまえはおとなしそうな顔をして、わたしに面と向かってそこまで言うとは、自分はどうなってもいいんだな？」

「そうです。いけませんか？」

「それはいい覚悟だ。それならもうこれ以上話すことはない。クビを洗って待っていろ」

　そう言い残して社長は部屋から出ていってしまった。

「あの社長に反論しただなんて、やるじゃない。奈々生」

あとですごく怖くなって、先輩と邦を呼び出して相談会を開いてもらっていた。社長のことは、さすがにカナちゃんには言えないと思ったから。彼に話せば即座に綱嶋の家を出るとか言いそうだ。

「だけど……それって、奈々生が綱嶋さんと関係があるって認めたことになるよね？」

「やっぱりそうなるよね……」

たとえ最後までしてなくても、心も身体もつながってしまったのだから、反論できない。

「そこまで啖呵切ったらね。想いあってると宣言したも同然ね」

一応この間の旅行中、最後の一線は越えていないって話はふたりにはしているけれど。

「まあ、奈々生を見てたら、手を出されたのがまるわかりだもん」

「ホントに……経験なくてこのエロさだから、綱嶋くんは放っとくの怖いだろうと思うけど」

「エロくなんかないってば！」

「そう思ってるのはあんただけよ。いろんなところから保護指令が出てるんだから」

それってカナちゃんと……慎兄？

「で、奈々生はこれからどうするの？　わたしたちはあんたがどんな選択しようと味方だよ」

「そうそう。社長の言うこと聞いて会社辞めてもなんにもならないよ。しぶとく居座っちゃえばいいんだって。ようやく奈々生の恋がはじまったんだからさ……応援してるよ」

「邦……」

「わたしたちは、あんたが可愛くてしょうがないのよ。信じるって難しいのに奈々生は網嶋くんや、わたしたちに対してもすんなりやっちゃうから……わたしらも奈々生の信頼に値(あたい)する存在になりたいの。だから、やりたいことは言いなさい。全面協力してあげる」

「真木先輩も……ありがとうございます」

すごく頼もしい言葉だった。たとえこの恋がダメになっても、こんな味方がいてくれるなら頑張れる。

「ホント、真木センパイったら男前すぎ！　男だったらマジで惚(ほ)れてますよ」

邦が先輩に抱きついている。本当に邦の言う通りだよ。惚(ほ)れるよ、先輩！

――カナちゃんといると、つい流されてしまう。でもそれがたぶん正直な自分の気持ちだと思う。

婚約者のいる相手と付き合うということが、どれほど非常識なことだったのか。カナちゃんと再会できて、想いが通じあったことがしあわせすぎて……自分が倫理に外れたことをしていたという意識が薄れていた。自分のせいで婚約解消されたのだから、その責任は負わなければならない。

――好きの気持ちがこんなにも抑えきれなくなるなんて。自分が罪を犯す立場になって、はじめて気づく。自分が馬鹿で愚かで嫌になるけど、生まれてはじめて自分の気持ちに正直に行動していると思った。

彼のそばから離れたくない。カナちゃんをしあわせにしてあげたい。それがわたしの本当の気持ち。

そのためにはどうすればいいのか……

答えの出ない迷路の中を彷徨っていた――

7 限界

「おはよう、奈々」

「おはようございます。今日の予定は……んっ、もう！　仕事中ですよ」

出勤すると、朝は軽いキスからはじまる。

お昼も社内にいる時はお弁当を用意して執務室で一緒に食べ、そのあとは彼の腕の中……。ふたりだけの室内では簡単に引き寄せられてしまう。

一度自分の心が決まってしまうと、彼を拒否することができない。とりあえず婚約は解消されたとしても、それで済む問題じゃないのもわかっている。

綱嶋社長は、わたしが彼にふさわしくないと思っているのだから。

わたしは社長に退職を迫られたことをカナちゃんには話していなかった。それを知れば、彼はすぐにでも会社を辞める準備をしてしまいそうだ。綱嶋に未練はないと言っていても、そう簡単に切り捨てていいはずがない。これまでの恩もあるし、認めてもらえるよう努力してきたことを無駄にしてほしくもない。

「ダメだよ、カナちゃん……」

「抱きしめてるだけだよ」

うしろから抱きしめたり、膝の上に座らせたり。

その手はすぐにわたしの素肌に触れてきて、下着のラインをなぞり、時間があればさらに中へと忍び込んでくる。

触れられるとわたしも嫌とは言えなくなって……結構いろいろされてしまう。心も身体もトロトロで、もう離れられないと感じるほどに。

仕事中なのに……

かと言って週末はなかなか一緒には出かけられずにいた。カナちゃんは社長との接待やゴルフがある。

それでも、わたしがこれまでの人生でデートらしきものをしたことがないことを話すと、終業後にレイトショーを観に行ったり、遅くまで開いてるショップを覗いて買い物にも付き合ってくれた。

人目が気になりはしたものの、ある意味開き直っていた部分もあった。

デート中は昼間会社にいるよりも健全な時がある。わたしはそれでも満足といえば満足だったけれど、キスしてもらえないのも、抱きしめてもらえないのも寂しくて……結局、帰り際の車の中でいろいろされてしまうのだ。

だんだん彼の言うように身体が慣らされているような気がする。

「ずっとこうしていたいな」

「ダメだよ、もう……会議がはじまっちゃうよ？」

「わかってる。すこしワガママが言いたくなったんだ。昼には戻る……今日は僕の分もあるんだよね？」

「お弁当なら、ちゃんと作ってきたよ。だから早く行かなきゃ！」

「わかったよ、そのまえにもう一度……」

彼はムッとした顔を見せてから、濃厚なキスをしてようやく執務室を出ていく。

「もう……こんなんじゃ仕事にならないよ」

頬は火照り、身体が熱く疼く。彼はすぐに切り替えられるようだけど、わたしはなかなか切り替えることができなかった。

とにかく、愛情表現というか情熱というか……執着がすごすぎて。彼はそれを離れていた十四年分だと言うけれど、あの頃とは違う好きという感情とその関係に戸惑っていた。

週末の金曜日、わたしは三週間ぶりに先輩の部屋へお邪魔していた。

さすがに飲み会と旅行で週末の不在が二週間続いたあとは、上野のおばの手前しばらくは自粛していたけれど、今日から二日間先輩の部屋に泊めてもらうことになっている。

——本当は、カナちゃんと逢う約束をしていて、そのまま彼の部屋に泊まるつもりだった。べつにそんな約束はしてなかったけれど、大きな決意をして出てきた。

けれどカナちゃんは急に社長の代理で会合に出席することになったとかで、結局わたしは先輩の部屋に来て家飲み状態。もちろん邦も来てくれて、そこでちょこっとお酒の勢いを借りてカナちゃんとの今の関係を打ち明けた。

これからどう対処すればいいか……わからなくなってしまったから。

「ふうん、綱嶋くんがそんな風に盛るのは、最後までやってないからじゃないの？」

「確かにそうかも……やっちゃえば男はそのあと賢者タイムみたいなのがあるものだけど、そうじゃないからマックス状態の興奮が続いてるってわけね。それってなんかヤバイかも！　途中でお預けなんて、興奮する！」

「邦が興奮してどうするのよ。奈々生は真剣に悩んでるんだよ。この子は惚気けてるつもりはないんだからね。家でも結構微妙な立場みたいだし。それにしても、社長がその後なにも言ってこないのは不思議ね」

確かにまだクビにはなってないし、上野の家でもかなり気を使われている。慎兄は静観しているけれど、おじとおばは心配でならないらしい。

「ふたりともさぁ、もうそろそろ限界なんじゃない？　綱嶋さんもだろうけど、奈々生のほうも、かなりヤバそうだわ」

「わたしが？」

「ここのところ、めっきり女性らしくなってるというか、綺麗になってさ。愛されてる女って感じ」

邦はそんな風に言うけど、自分ではよくわからない。ただ、時々酷く身体がだるかったり、与えられた快楽を思い出して身体が熱くなったり……っていうのは、たまにある。つい、ため息とか出ちゃってるし……

カナちゃんは最後の一線を越えずに我慢してくれている。時々つらそうだけど、わたしもどうしていいのかわからない。

それでも、受け入れるのは……すこし怖い。婚約解消できたからと言って、手放しでよろこべるような状態ではないのだから。

「明日は綱嶋さんがお迎えに来て、この週末は彼のマンションにお泊まりかぁ。いいなぁ」

今週は出張が続いて、まともに逢うことができなかった。毎日電話で声を聞いていても寂しくなる。

どうしてだろう？　彼の温もりを、身体が覚えてしまったから？

「今日は残念だったけど、明日には綱嶋くんが迎えに来てくれるんでしょ？　だったら今夜はうちに泊まってゆっくりしていって。明日のデートの準備もしなきゃね」

「いつもすみません、先輩」

「いいのよ。いつだってわたしらは奈々生の味方なんだから」

「そうそう、だから諦めるとか言ってないで、さっさとやっちゃえって言ってるのに」

「ありがと、邦。でもね、これ以上はあまり期待してないの……。だって、上野の家を捨ててアメリカなんて行けないよ。カナちゃんが綱嶋の家を出るのもよくないと思う。本当は許されることじゃないけど、一度だけ想い出をもらえたらそのあとは……」

「本気でそんなこと言ってるの？」

さすがに先輩も怒った顔を見せる。

「そうでも思わないとやってられないよ。だけど、もうしばらくだけ……夢見ていたいの。これ以上のしあわせは望まないから」

「なんで奈々生はそうなの？　あたしだったらそんなの耐えられないよ！　おじさんもおばさんも捨てていいじゃん。それで死んじゃうわけじゃないんだよ？」

「確かに邦の言うことは極論だけど、綱嶋くんについていくことも考えなよ。おじさんたちを選んだとしても、その……あんたの従兄が他の女性と結婚することになったら、あの家を出るつもりなんでしょう？」

「近くに住んでいれば、様子を見に行くくらいはできるかなって。だって、おばさんはお嫁さんをいじめてしまいそうだとか言うんだもの。やさしい人だからそんなことしないと思うけど」

　その時は慎兄のお嫁さんとの間に立って、緩衝材になりたい。

「そ、そうなんだ……。だったらアメリカに行かずに済む方法を話しあってきなさい。心と身体がつながったら、そう簡単に離れられないものよ。それが恋愛の醍醐味だからね」

「そうそう、一度やっちゃえば離れられなくなるっていうのもあるんだから」

　それって、カナちゃんが言ってた身体で落とすってやつのこと？

「とにかく今日は三人で楽しく飲んで、明日は綱嶋くんにいっぱい甘えておいで」

「奈々生も覚悟してると思うけどさ……ひとり暮らしの男の部屋に行ったら、やり放題だからね！　ところで、綱嶋さんの住んでるマンションって、すごく有名なとこでしょ？」

「そうなの？　よく知らないんだけど」

「宅配システムも、クリーニングも、全部コンシェルジュ経由で外に一歩も出なくていいらしいよ！　あの有名なフジサワハウジングの完全防音システム完備っていうので評判じゃん。音楽家や芸能人が住んでるって噂は本当なのかなぁ。もしかしてエントランスとかで見かけたりするかもしれないね！」

「いったい、どこでそんなの調べてくるのよ。まったく邦は相変わらずミーハーね。確か綱嶋くんのマンションは、母親に残された遺産とか言ってたわね。わたしなら固定資産税とか考えると住めないけど……」

「センパイ、心配するところはそこなの？　どれだけリアルに生きてんだか、この人は」

「はいはい、リアリストで悪かったわね。地味に貯金して老後に備えてるわよ」

「邦は結婚できなかったら、一生センパイについていきまーす！」

邦のハイテンションに先輩は頭を抱（かか）えているけど、これがいつものパターンだ。

「邦は放っといて。とにかくなにかあったら、いつでも連絡してきていいからね。ワンコールでもしてくれたらすぐに駆けつけるから」

彼のマンションの位置は確認済みと胸を張る先輩の情報網は馬鹿にできない……

「ゴメン遅くなって……綱嶋の家に呼び出されて帰れなかった」

翌日、カナちゃんが迎えに来たのはお昼前だった。

「養父は宮之原に代わる縁談を用意していたよ」

「それって、義姉との婚約解消が正式に成立したってことだよね」

そのあとすぐに他の縁談が出てくるなんて……手放しではよろこべない。

「ああ、そうなるな……。それはそうと奈々に聞きたいことがある。社長に退職届を出せと言われたというのは、本当なのか？」

「それは……」

カナちゃんには話していなかった。そんなことを言えば社長に逆らって、なにかしそうだったから。

「奈々がまだ退職届を出してこないと文句を言っていたよ。僕のために身を引くと言ったのも本当か？」

なんだか端折られてる気がするけど、言ったのは確か。

「カナちゃんがしあわせになるならって……言ったわ」

「どうしてそんなことを言うんだ！　退職届はまだ出してないよな？」

「出してないよ。でもそのうちクビ……かな？」

「奈々の直属の上司は僕だ。上層部からクビにすると言ってきたら、その時は僕も一緒に辞めるまでだ」

「ダメだよ、カナちゃんまで辞めるなんて！」

そこまでしてもらっても、たぶんわたしは……アメリカなんてついていけない。おばさんを置いてなんて行けない。

二週続けて週末いなかったせいか、おばの様子がすこしおかしかった。どこに行ってきたのかすごく心配して……まさかカナちゃんと一緒だったなんて言えなかった。

『カナちゃんのお嫁さんになりたい』

おばの前で、そう言い続けていたのはいくつぐらいまでだっただろう。

初恋が叶う女の子なんてそういないと思う。

わたしを置いて、どんどん大人になっていくカナちゃんは、背が伸びて格好よくなって、女の子にモテていた。それでもわたしがいると、その彼女たちを無視して一緒にいてくれたことが、すごくうれしかった。離れ離れになってもずっと想い続けて……

そんなカナちゃんと再会できて、彼もわたしのことを想ってくれていたなんてすごい奇跡だ。義姉(あね)と婚約したり、他にも関係してきた女性はたくさんいただろうけど、それでも想いが叶ってうれしかった。

そうは言っても、わたしとの結婚は誰からも歓迎されないと思う。綱嶋の家からも、会社からも、上野の家からも。わたしの味方は真木先輩と邦だけ……

それらすべてを承知のうえで、今日は……決めていた。今度こそ、カナちゃんのモノになるって。

——約束したから。カナちゃんのモノになるまで、会社を辞めたりしないって。

だからそのあとは……ちゃんと身を引こうと思う。

「とにかくうちでゆっくり話をしよう」

すこし不機嫌なままの彼が運転する車は、静かにマンションへと向かっていた。

「お昼はパスタでいいかな？」

そう言って彼は台所に立った。わたしは手伝わなくていいと言われて、しばらくのあいだ部屋の中をあちこち見させてもらっていた。

男の人の部屋に入るのは一応、慎兄で慣れてるはずなのに全然違う。定期的にハウスクリーニングを頼んでいるらしく、かなり綺麗だ。

邦が言っていたように、ここはデザイナーズマンションで、コンシェルジュが常駐してるし、エントランスからしてただのマンションって感じじゃなかった。バルコニーテラスつきでリビングのテラス側は一面ガラス張りだ。

「すごい部屋だね」

「ああ……綱嶋の祖母が母名義でこの部屋を残してくれていたらしいよ。祖母はこのマンションの建設会社である藤沢の出でね。そこをリノベーションして最新設備にしてあるんだ」

藤沢といえば、住宅を総合プロデュースする国内屈指の建設会社だ。最新の設備で作られたこの部屋は、あまりに便利で綺麗すぎて……一般的な日本家屋で育ったわたしからすると目をみはるばかりだった。

そこでシャツを腕まくりして華麗に料理するカナちゃんの姿は見惚れるほど素敵だ。

「カナちゃんが、本当にパスタ作ってる……」

アイランド型の対面キッチンなので、作っている姿がよく見える。作ってくれているのはベーコンとほうれん草のパスタ。お醤油を使った和風のようだ。さっきチラッと切る前に見た焼印の押してある高級そうなベーコンが厚切りで入っている。

「これぐらい作れるって言っただろ。あ、そのお皿取って」

「はい。ねえ、やっぱり手伝うよ。サラダかなにか作るね」

普段から料理はしているみたいで、調理器具もひと通り揃っていた。

ふたり並んで料理を作り、天気がよかったのでテラスに出て食べることにした。

デザートは、ここへ来る途中で買ってきたケーキとエスプレッソマシンで淹れた珈琲。紅茶もあったけど、買ってきたのがティラミスとガトーショコラなので、それに合わせて珈琲にした。

周りの目も、時間も気にしなくてもいい解放感が心地よかった。目が合うたびに微笑みあって、互いのケーキをシェアする。

「よかった。奈々がこの部屋に馴染(なじ)んでくれて。新婚さんみたいでうれしいよ」

会社じゃないというだけで、つい気が緩んでしまっているのは確かだ。

マンションに帰ってきてからの彼はカラーコンタクトを外し、あの青灰色(せいかいしょく)の瞳を見せてくれている。

「もっと近くで見ていいよ」

リビングに戻り、やわらかいシープスキンのソファに座って彼の瞳を隣から覗(のぞ)き込むと、陽の光に透(す)けて青味がかった灰色から綺麗(きれい)なグレーに変わる。

「奈々はこの瞳が好きだね」

「だって綺麗(きれい)だし……カナちゃんだって実感できるもの」

「黒のカラコンをしてる僕は好きじゃない？」

「どっちの瞳の色でも大好きだよ。声も、視線も、笑い方も、全部おんなじカナちゃんだから」

わたしは目を開けたまま、彼のキスを受けていた。互いの唇が触れた部分から痺(しび)れていくようだ。

「そんなに近くで見つめられると、キスだけじゃ我慢できなくなるよ」

何度も軽いキスを繰り返し、彼の指がわたしの肌をやさしく撫でた。

「こんなふうに、ずっと過ごせたら……きっとしあわせね」

「これから幾らでも過ごせるよ。僕の家は気に入ってくれた？」

「もちろん。でも別に、こんな素敵なマンションでなくてもいいの。ワンルームのアパートに住んでてもかまわないから……別な形で再会したかったな」

綱嶋でもなんでもなく、水城奏という幼馴染と再会して、普通に恋に落ちたかった……

「綱嶋になってなかったら、僕はホスト崩れのどうしようもない男になってたかもしれないよ」

「それなら瞳の色も髪の色も昔と同じだから、街でひと目見ただけでわかったと思うよ」

そうすれば、もっと早く出逢えていたかもしれない。

「奈々と再会したら、すぐにデートに誘ってるだろうな。最初は映画で、その次は食事。いや、もしかしたらすぐにキスして……その日のうちにベッドへ引きずり込んでたかもしれない」

「なんだっていいよ……カナちゃんとなら」

クスクスと笑うわたしをさらに引き寄せ、ふたたびキスをはじめる。最初は軽く触れるように、それからどんどん深く濃厚になっていく。

「んっ……はぁ……」

時々ぴちゃっと口中を舐めあう水音が響く。

誰に見られることも、聞かれることもない彼のプライベートルーム。

もう……いいよね？　ふたりが結ばれるのを、邪魔する者は誰もいない。

「奈々……すごく綺麗だ」

わたしの指先や肩口までキスしながら衣服を開いていく。慰安旅行以来、互いに素肌を晒すことはなかった。カナちゃんに言わせるとそんなことをするととても危険で、わたしはすぐに犯されてしまうそうだ。

「カナちゃんは……脱がないの？」

「それじゃ、上だけ脱がせて。下はダメだよ？　奈々を襲ってしまうから」

「んっ……いいのに」

開いたシャツ、彼の素肌に口づけ痕を作る。カナちゃんがつけるみたいに上手にはできないけれど。

「そんな顔しないで。さっきみたいに、しあわせそうな顔をして？　奈々にはずっとしあわせそうに笑っていてほしい。それがずっと……僕の願いだ」

「わたしだって。カナちゃんに、嘘笑いじゃなくて、本気で笑っていてほしい……」

「僕の作り笑い、慎と奈々には昔から通じなかったよな。大丈夫、僕は奈々といる限りしあわせだから……本心から笑ってるよ。だから離れるなんて気は起こさないでほしい」

「でも……わたしにとって、おばさんたちは親以上の存在なの。慎兄と結婚なんてできないけど、せめて近くにいたいから」

「それは……僕がアメリカに行くと言っても、ついてこれないってこと？」

「どこにいても、わたしは一生カナちゃんだけだから……。ねえ、今だけでいいから、カナちゃんのモノにして？　いっぱい抱いてほしいの」

　精一杯の勇気を出して、お願いする。

「そんなこと言って、僕を挑発してどうするの？　今夜帰れなくなるよ……それでもいい？」

「……そのつもりで今日は来たの」

　一瞬驚いた顔をして、それからゆっくりとカナちゃんは微笑む。すこし困ったように。

「本当にいいのかい？　逃げるのなら今のうちだよ。覚悟はできてるんだね？」

「……できてる、よ？」

「本当に？　一晩中、僕にその身体を好きにされるんだよ？」

　あの旅館での夜を思い出してしまう。最後までつながりはしなかったけど、それに近いことをした。

「た、たぶん……」

「できるだけやさしくするけれど、抑制できるか自信がないんだ。僕はもう限界だから、普通に抱くだけじゃ我慢できない。奈々だってそうだろ？　僕にこんな甘い顔を何度も見せて。毎日会社で会うたびに、抱きしめて無茶苦茶（むちゃくちゃ）にしたい衝動を抑えていた僕の苦労がわかる？　奈々は近づいただけでキスをほしがる顔をするから、理性を保つのがどれだけ大変だったか……」

　それはわたしも同じだ。四六時中一緒にいるわけではないけれど、執務室にいる時はふたりだけのことが多い。帰りも時間が合えば一緒に帰って、ほんのすこしでも同じ時間を過ごしてきた。

　触れあって快感を分かち合ってきたけれど、互いにくすぶり続けているのはわかっていた。

「朝も夜も、奈々を抱いてるところを想像して、抜きまくってもまったく抑えられなかったんだ。このままじゃ仕事中になにかしでかしてしまいそうで、怖いぐらいだったよ」

「仕事中は……困るよ。カナちゃんは平気な顔してるけど、触れられたあとどうしていいかわからなくなってたんだから。おかしくなるのはこっちだよ？」

「わかってるよ。それが目的だったからね」

「わかってやっていたなんて！　酷いよ……カナちゃん」

　スッと彼の指がわたしの唇に押し当てられた。

「もう黙って。奈々の甘い声が聞きたい。僕を欲しいと言ってくれるまで……今日は止（や）

めないよ」

「うん……カナちゃんが欲しいから、最後まで……して？」

わたしにはカナちゃん以外考えられない。彼のモノになることを後悔しない。

「本当にいいんだね？」

わたしは自分から手を伸ばし、彼の首に抱きついた。

「大好きだよ、カナちゃん」

「奈々、僕の奈々……」

そのままソファに押し倒され、貪（むさぼ）るような激しいキスをされる。やさしい官能的なキスとは違って、わたしのすべてを奪おうとする獰猛（どうもう）なキス。口内を舐（な）め尽くされて、わたしはだらしなく口を開けて喘（あえ）ぐことしかできない。

「ダメだ……こんなに自分を抑えられないのははじめてだ。奈々を可愛がりたいのに、無茶苦茶にしたい。ドロドロのグズグズに溶かしてしまいたい。はじめての奈々にはかわいそうだけど、一生僕から離れられなくなるぐらい気持ちよくしてあげるよ」

「えっ？」

なに言ってるの？　これまでされてきたことで、すこしは耐性ついてるけど、はじめてなのに……

「大丈夫だよ。奈々はすごく感じやすいし、練習はたっぷりしてきたからね。時間も充分あるから……ココで僕を受け入れて」

彼の手がわたしの下腹の上を強く撫でた。グイグイと押すように……

「んっ……」

キュウッと下腹が収縮した気がする。甘い圧迫感を覚えて、思わず声が漏れそうになる。

「カナ、ちゃん……」

「奈々、可愛い……僕の奈々」

「んっ……んぐっ」

ふたたびキスがはじまり、わたしは貪られ呑み込まれていく。

「はぁ……あんっ」

ようやく唇を解放されたかと思うと、今度は首筋を舐め吸われ、ゾクゾクと身体が震え、力が抜けていく。

彼の手が腿に触れ、スカートの裾から忍び込んでくる。いつの間にかスカートを脱がされ、ストッキングに手をかけられていた。カナちゃんは、わたしの脚を持ち上げてキスしはじめる。

「やっ……カナちゃん、恥ずかしいよ」

その恥ずかしい格好に涙が出そうになる。下半身はもう下着一枚で、上半身はカーディガンが腕に引っ掛かっているだけで、キャミとブラはめくれ上がっている。

「そんなに恥ずかしがらなくても、すでに全部見られてるだろ？」

「でも……」

慰安旅行の時はお酒が入ってたし夜だったたし。だけど今は燦々と陽の光が降り注いでる、真っ昼間だよ？

「恥ずかしい？　だけど、このままじゃ着て帰れなくなるよ。皺になるしいろんなモノで汚れるから」

いろんなモノってなに？　それは困るけど、脱ぐのは恥ずかしすぎる。

「僕しか触れてないこの綺麗な身体を、たっぷりと陽の光の下で堪能したいんだ。昔から色白で食べたいくらいもちもちの肌をしてたからね」

「ううっ……それは」

ちいさい頃はポチャッとしてて、腕も二重リングみたいなのができていた。そんな子供の頃の話を持ち出さないでほしい。

「今じゃこんなに美味しそうに育って……僕が触れるようになってから、さらに滑らかな肌になったね」

それは……触れられるから、意識してボディローションとか塗るようになった。だってカサカサだと恥ずかしくて。自分の身体を意識するようになって、なにかが変わってきている気がした。

きっとそれは自分を女だと認めたことになるのだと思う。触れられれば気持ちいい。それがカナちゃんだと思うと、さらに快感は増していく。

「たっぷり可愛がってあげるよ。今日は手加減なしね」

そう言って首筋を舐めながら、わたしの身体を撫でていく。それだけで何度も身体がピクピクと震える。わたしは下着一枚残したままの姿で、彼に触れられていた。

首筋にキスされながらゆっくりと胸を揉みしだかれ、その中心に触れてほしくて堪らなくなる。執務室で、車の中で……胸の先を弾かれたり摘まれたりするたびに、そこに生まれる快感を教えられていたから。

「やあ……もう、お願い……カナちゃん」

「触ってほしいの？　奈々にお願いされたら、断れないな」

そして望みどおりそこに触れられる。焦らされ続けた分、それだけで感じてしまう。

そうすると今度はしつこく胸の先ばかり吸って舐めて弾かれて……

「んっ……やっ、そこばっかり……ダメ、ヤダ……んんっ！」

今度はそこばかり触れられて、イキそうになりながらヤメテと懇願する。

わたしの身体はこんなにも彼に慣らされていたのかと実感させられてしまう。

「胸にしか触れてないのに、こんなに濡らして……まだバージンでしょ？　奈々はそんなに悪い子だったのかな」

「カナちゃんの意地悪……」

擦り合わせた膝を開かれて、また泣きそうになる。どこに触れられると気持ちいいかも、もう知っている。今までにも、下着の上から何度も擦られた。下着の中に入り込んだ指に、強く刺激を受けたこともある。その指が浅く中に入り込んできたことも。でも一番恥ずかしいのは……

「やっ、それ……嫌」

カナちゃんは、いくらわたしが嫌がっても、開いた膝の奥に顔を埋めてそこにキスをする。そして舌と指でそこを刺激し、わたしがイクまで離してくれないのだ。

「今日は大きな声を出しても大丈夫だよ。時間もたっぷりあるからね。何度でも、イッていいから」

「ひっ……」

イカされた時、胸は強く跳ね、身体は反り返る。ビクビクと身体を走る快感に耐えなければならない。

あれは……気持ちよくても強すぎて怖い。それを何度もって、耐えられるはずがない。まだ本当の交わりすら経験がないというのに。

「いっぱい濡らして、いっぱいイッて……そうでないと、奈々に僕のはすこしキツイだろうから」

「イッ……くっ！　あぁ……、またっ、んんっ！」

首にキスされたまま、敏感な突起と胸の先を刺激され、続けざまにイカされたわたしの下腹部はヒクヒクと収縮を繰り返して蠢いていた。

「いつもはすこし加減してたけど、はじめての奈々に痛い思いをさせたくないんだ……このぐらいイッていれば、入れてもきっと痛くないよ。たぶんね……」

カナちゃんはバージンの子を抱くのは、はじめてだと言っていた。だからなのかもしれないけれど、執拗にわたしをイカせようとした。

「もうヤダぁ……これ以上、しないでよぉ……ううっ」

わたしはあまりの快感の強さに泣き出してしまう。

「ごめん、奈々。泣かないで……そんなに、嫌なの？」

「違うの、怖いの……だから、ぎゅってして？　やさしくキスしてくれたら、それでいいから。痛くてもいいから、カナちゃんが欲しいよ」

「すまない……言われてたのにな。女性を快感で操ろうとするのはよくないって」

「カナ、ちゃん？」

それを言ったのは誰と聞く間もなく……ギュッと抱きしめられた。

「次はベッドで可愛がってあげるよ。そっちのほうが落ち着くだろうから」

彼は震えるわたしを抱き上げ、寝室のベッドに向かった。

そのままベッドに横たえると、慌てて自分のシャツを脱ぎ捨て、ジーンズの前を開け、猛った彼自身を取り出した。そして避妊具をかぶせると、ベッドサイドにあったボトルの液体を手に取り絡めた。あとで聞いたらそれはラブローションって言って、そういう行為の時に使う潤滑剤のようなものらしい。

「痛くても、いいんだな？　奈々」

「うん……カナちゃんのモノになりたい」

カナちゃんとひとつになりたい。彼のモノになりたいだけ。

「奈々、息をゆっくり吐いて……」

ヌルヌルとわたしの秘所をこじ開けていく大きなモノ。それは想像以上に大きくて硬かった。

「奈々、ごめん……くっ、狭いな」

「んっ……ひっ！　うぐっ……痛っ」

メリメリとわたしの中を押し進み、埋め尽くす。その瞬間すごく痛くて、わたしはカナちゃんの腕をきつく掴んだ。なんとか耐えられたのは、彼がずっとキスしながらやさしく感じるところを触ってくれていたから。

「痛かっただろ？　僕は父方の祖父の血を濃く引いているらしくて……ね」

これもあとで聞いたけど、日本人のサイズじゃないって。

「できるだけ奈々に痛い思いをさせたくなかったんだけど……ごめんね」

「えっ？」

彼を受け入れることができたよろこびと、充足感はそこまでだった。

「それじゃ、ゆっくり動くよ。気持ちよすぎて、じっとしてるのがつらい」

そこで終わりじゃなかったのだ。彼のモノがゆっくりとわたしの中を擦り上げ、探っていく。

「ひっ……やっ、なにこれ！　やだ……あっん、やあっ……」

わたしの中を掻き混ぜるソレの動きに翻弄されてしまう。

「ココかな……奈々のいいとこは」

よくわからないけど、そこを擦られると内側からゾクゾクと感じる。

「やっ、そこ……やあ！」

わたしが拒否しても、彼はそこばかり突き上げてくる。

「くっ……こっちが持たない。奈々、ごめん」

「えっ？　きゃああ！」

ぐいっと脚を持ち上げられ、いきなり深くズリズリと押し込まれて……お腹の奥を圧迫されたかと思うと、中で彼がさらに大きくなるのがわかった。

「ああ……奈々、奈々！」

わたしは激しく突き上げられながら、ぎゅうっと抱きしめられていた。

目の前のカナちゃんの瞳が青灰色に陰り、苦しそうな顔でわたしの名を呼び腰を打ちつけてくる。その激しさに目眩を起こしながらも、なにかが込み上げてくるのを我慢できなかった。

「やあぁ……っ！　ダメ、カナちゃん、これ……ダメっんんっ！」

その瞬間、彼がわたしを抱きしめ最奥まで届かせたあと、身体を押しつけブルッと震えた。

「奈々、もうっ……くっ」

「ああっ……」

彼が弾ける瞬間、わたしはぎゅっと身体を強張らせていた。

イカされるのとはまた違う感覚で、まともに呼吸できず目の前が真っ白になる。しばらくの間、身体が震えて動けなかった……

「はじめてで、搾り取るなよ……持っていかれるだろ？　我慢してたのに」

肩ではあはあと息をする彼は、呆けたような緩んだ顔をしていた。

「……どう、いう……こと？」

「わかってないか。いいよ、奈々。すごくよかった」

「ホントに？」

今まで彼が抱いた誰よりも？　なんて、聞きたくても聞けないけど。

「ああ、本当だよ。どうしてそんな不安そうな顔するかな？」

やさしく髪を撫でられ、額を合わせたあとチュッとキスされた。

「よかったって証拠に……これで終われないこと、わかるよな？」

「えっ？」

ぐいっと身体を持ち上げられて、つながったまま膝の上に座らされる。

「やっ、深い……」

お腹の上のほうまで彼に串刺しにされたような気持ちになる。

彼のモノはふたたび、その硬さと大きさを取り戻していて……

「悔しいけどうれしいよ。まさか奈々にこんな目に遭わされるなんて……しばらく離してやれないけど、いいよね？」

すこしの間、彼はゆっくりと腰を動かして、余韻を楽しんでいた。わたしは強い快感から解放されたけれど、今度は焦れったくて離れたくなくなるほど気持ちよくて。知らず知らずのうちに腰を前後に動かしていた。

「そんな腰の使い方、誰に教わったんだい？」

「んっ、カナ……ちゃん？」

「まったく。ゴムをつけ替える暇もないじゃないか。できても知らないぞ？」

「えっ？」

そう言って今度は下から激しく突き上げてくる。わたしが強い快感から逃げようとしても、腰をホールドされて動けなかった。そして、再度訪れるクライマックス。

わたしはカナちゃんにしがみついて、絶頂を迎えた。逃げずに、自ら彼に身体を押しつけるようにして……

カナちゃんも荒い息をしながらも「ああっ」と甘いうめき声を漏らし、その動きを止める。わたしの中で脈打つ彼のモノを感じ、ビクビクと身体を震わせた。

「……なんだよ、まったく。これではじめてだなんて、信じられない」

「んっ……しらない、そんなの……全部カナちゃんが……」

「ああ、僕が教えた。だけど予想以上で……参るよ」

「ひゃっあんっ！」

持ち上げられて彼がわたしの中から抜け出す。その喪失感はなんとも言えないものだった。思わず甘い声が自分の口から漏れ出て驚く。

「ったく、可愛い声出して。まだ僕のモノが欲しいの？　だけど、さすがにはじめてで三回続けてはかわいそうだから……」

そう言って彼はわたしを横に座らせると、ベッドに腰掛けて背中を向けて避妊具を外す。わたしはその背中に頬を寄せてもたれかかる。程よく筋肉のついた広い背中……わたしのほうが熱いのか、すこしひんやりする。

「待ってて。お風呂の用意をしてくるよ」

もたれかかるわたしをベッドに寝かしつけた彼は、そう言って部屋を出ていく。

シーツのやわらかな感触を心地よく思いながら、彼がふたたびベッドに戻ってくるのを待っている間に……すこしだけウトウトと寝入ってしまった。


「起きた?」

目を開けた瞬間、青灰色(せいかいしょく)の瞳がわたしを見つめていた。

「カナ……ちゃん?」

素っ裸のまま彼に腕枕をされているというより抱(かか)え込まれていた。素肌をぴたりと合わせたまま。彼の身体の一部分が熱いことに違和感があるけれど、それは気づかないふり。

「それじゃ、お風呂に連れて行ってあげるよ」

「えっと……なにもしない?」

「ああ、奈々が嫌ならなにもしないよ」

――そう言ったくせに……結局、いろんなコトをされてしまった。

お湯にはいい香りのするトロンとした入浴剤が入っていた。湯船の中でうしろから抱きしめられながらヌルヌルと愛撫(あいぶ)され「あの時も本当はこうしたかったんだよ」と言って、浴槽に手をつかされ、うしろから散々攻められて……おかげですっかりのぼせてしまった。

「カナちゃんのばかぁ……動けないじゃない！」

半泣きで訴えたけど「動けないなら運んであげる」って、ベッドに戻るのもお姫様抱っこ。

「可愛く啼く奈々が悪いんだよ」

そう言ってまたベッドで求められてしまう。わたしははじめてだというのに、カナちゃんはいったい何度すれば気が済むの？

その後わたしは、意識をなくすかのように眠りに落ちてしまった。

「おはよう。ごめん、昨夜は止まらなかったよ……」

目が覚めておはようの挨拶をした時も、カナちゃんは大好きなあの瞳のままでいてくれた。

「いいの……やっとカナちゃんのモノになれたんだから」

やはり抱きかかえられたまま眠っていた。彼の胸に顔を埋めて……

伝わってくる体温がすでに自分のものと境目がないほど、隙間なくひとつの存在。

「ごめん。朝から悪いけど……もう一回いい？」

ノーと言えない強引な笑顔で懇願され、わたしはまた朝から彼を受け入れ疲労困憊する羽目になるのだった。

ブランチは、カナちゃんがサンドイッチを作ってくれたのをベッドの上でふたりで食べる。わたしが動けなかったから……

それからもふたりでまったりと過ごした。昼から買い出しに出かけ、今度はわたしが料理を振る舞うことになった。といっても煮物に豚汁といった普通の家庭料理だけれど、どれもカナちゃんが食べたがっていたメニューだ。

一緒に買い物をして、一緒にキッチンに立つ。そうしていると自分たちが新婚さんになったようで、顔がにやけてしまう。

「いただきます」

カナちゃんはうれしそうに煮物の鉢に箸をつける。

「ああ、美味しいな。この味……やっぱり、奈々にとっておばさんは母親以上の存在なんだろうな。僕にとってもそうであるように」

おばの料理は、彼にとってもおふくろの味らしい。カナちゃんのお母さんはあまり料理をしない人だったらしく、お惣菜やレトルト、インスタントばかり食べさせられていたそうだ。だから見かねたおばが夕飯を食べていくように言ったのだ。

「ああ、美味しかった。ごちそうさま。上手になったね。野菜もつながってなかったし？」

「もう、それって十年以上昔の話でしょ？　忘れてよ！」

「いや、忘れられないなぁ。奈々がはじめて作ってくれたおむすびも美味しかったし、野菜のつながった豚汁も最高だったよ。奈々のはじめては、ほとんど僕がもらったようなものだね」

「カナちゃんったら」

顔を見合わせて笑い合う。こんな時間がいつまでも続けばいいのに……

帰る時間が迫ってくるのがすこしつらい。帰りたくない……ずっと一緒にいたかった。来週も再来週も、週末は一緒に過ごそうと言われたけど、おばが許してくれるだろうか？　毎週先輩のところに泊まるだなんて、そんな嘘が通じるのだろうか？

それに……いつ社長からクビを言い渡されてもおかしくない。

「カナちゃん。昨日、社長と一緒だったんでしょ？　社長はわたしのことをどういう風に言ってたの？」

「それが不思議なんだけど、奈々のことをあれこれ聞いてきたよ。どんな子だとか、今まで付き合った男はいないのか、とか」

「な、なんて答えたの？」

「真実の通り答えたよ。十年以上、僕だけを待っていてくれた愛しい存在だって」

「そんな恥(は)ずかしいこと言ったの？」

「かまわないだろ。本当のことだし。それより、奈々。帰るまでそばにおいで」

呼ばれてその隣に腰掛ける。キスが始まればまたその先に進むことがわかっていても、離れることなんてできなかった。

一度きりでいいと思っていたはずなのに……一緒にいないと不安で、ずっとそばにいて少しでも触れあっていたくて堪(たま)らなかった。

離れられなくなるって、こういう意味だったのね。カナちゃんや先輩が言っていたことが、ようやく理解できた。

「ダメだよ、カナちゃん。ここじゃ……」

「すこしだけ、いいだろ？」

ふたりだけの執務室で、帰り際にソファや、彼の椅子の上で……求められるままに睦(むつ)みあい、互いの身体に触れ、時にははしたなくもその場でつながってしまう時もあった。

まるで盛(さか)った獣(けもの)のように。

――きっとカナちゃんは気づいているんだね。この恋には終わりがあることに。カナちゃんのしあわせを思えばこそ、わたしはカナちゃんを選べない。それに、おばを置いて遠くへ行くわけにはいかないから。

そして週末の今日も、先輩のところへ泊まると嘘をついて朝からカナちゃんのマンションへ来ていた。

最近、おばの干渉(かんしょう)がかなり酷くなっている。それなのに今だけと自分に言い聞かせて、カナちゃんのところへ来てしまう。こんな調子で、本当にカナちゃんと離れることができるのだろうか？

「カナちゃん、さっき電話が鳴ってたよ」

部屋に入ってすぐに求めあい、リビングで服を着たままつながり、そのあと寝室で何度もイカされた。昼食後にふたたび求めあって、交代でシャワーを浴びた彼にそう伝える。

「社長かな、休みの日に電話してくるのなんて」

濡れた髪を拭きながら携帯を取り、その液晶画面を見た彼の顔が一瞬にして強張った。

「――美麗からだ」

「義姉(ねえ)さんから？」

それは姿を消していた義姉(あね)からの連絡だった。

8　因果応報

「はい、綱嶋奏ですが……。え？　病院？」

それは義姉の携帯から、救急隊員がかけてきた電話だった。

義姉は緊急搬送され、その連絡先に彼を指名したという。

「どうして僕に連絡がきたのかわからない。とりあえず宮之原にも連絡を入れておくよ」

なんだか嫌な予感がした。

「ひとまず僕は行かなきゃならないけど、奈々はどうする？　ここで待ってるかい？」

「……ううん、一緒に行く」

一瞬悩んだけれど、わたしはそう答えていた。

彼と義姉をふたりで会わせたくない……。それに義姉がなぜ今まで姿を消していたのかも知りたかった。今こうして彼のところに連絡してきた意図は？

意地悪な昔の義姉のままだったら……そう思うと躊躇っている暇はなかった。

とりあえず今から病院に向かうことをメールで先輩に報告したあと、彼の車で病院へ向かった。

病室に入ると、そこには点滴につながれた義姉がベッドに座っていた。

「奏さん、来てくれたのね！　あら……その方はどなた？」

さすがに二十年近く会っていないわたしのことはわからないようだ。

義姉は、想像していた姿とは随分違っていた。今の彼女は化粧っ気がなく、顔色も悪くて髪もボサボサだ。

「彼女は上野奈々生、君の義理の妹だよ」

「……どうしてその子がここに？　人の婚約者と連れ添って病院に来るなんて、図々しいわね」

まだわたしが彼とどんな関係かもわからないというのに、その言い方はないと思う。

それに……わたしにしたことはもう忘れてしまったのだろうか？

「奈々」

わたしの顔色が変わったことに気づいた彼が、義姉からは見えないように身体のうしろで手を握ってくれた。

「僕と君はもう婚約者同士ではない。なのになぜ彼女にそんな風に言う？」

「まさか……婚約解消を急かしたのは、その子が原因なのね」

「それよりどうして僕を呼び出したのか、先に聞かせてもらえないか？　こちらからの問い合わせには一切返事がなかったのに、あまりにも身勝手すぎないかな?」

「わたしは待ってほしいと言ったはずよ」

「待たせるのと連絡が取れなくするのとでは違う。君と連絡が取れなくなったため、婚約解消の件は宮之原氏に直接お願いした。快く応じてくださったよ」

「嘘よ……パパがそんなことするなんて! 婚約解消なんて……認めないわ!」

「なにを今更? 君が奈々の義理の姉だと知っていたら偽装でも婚約はしなかった。僕は奈々が三つの時から知っているんだ。奈々が腕にギプスを巻いて父親の家から帰ってきたことも覚えてる。怪我の理由もね。君が信用できない人だということは、今回の失踪の件でさらに証明できたわけだ」

「そんな……婚約解消なんて困るわ! わたしは……うっ」

義姉は口元を押さえて、そばにあった受け皿を取り嘔吐いた。

「カナちゃん、出直そう? 義姉さん具合悪そうだし、宮之原の父たちも来るだろうし……」

彼女は病人なのだから、これ以上興奮させるのはよくないだろう。

「そうだな。僕たちは失礼させていただこう」

「おや、お帰りになられるのですか? 宮之原さんの……婚約者さんですよね?」

病室を出ようとしかけたそこへ、担当の医師らしき人がやってきて呼び止められた。

「いえ、僕は婚約者じゃないです。もうすぐご両親がいらっしゃるので、用件はそちらに」

「その人がわたしの婚約者よ！」

義姉（あね）は、はっきりとそう言い切った。

「えっと、あのですね。宮之原さんはホテルの部屋で倒れているところを発見され当院へ移送されました。点滴をして様子を見ていますが、しばらくは安静を要するので入院していただくことになります。悪阻（つわり）が酷く、栄養失調と脱水を起こされてますね。なにも食べられない状態で何日かいらっしゃったようです」

「悪阻（つわり）……って、彼女は妊娠しているんですか？」

義姉（あね）が、妊娠？　まさか……カナちゃんの子供、なんてことないよね？

「ええ。婚約者さんのお子さんだと伺（うかが）っていますよ」

その言葉に一瞬気が遠くなる。

彼のほうを見ると真っ青な顔をしていた。どうしてカナちゃんがそんな顔するの？

「まさか、そんな……」

「と、とりあえず、個室を望まれたのでこちらの部屋を用意しましたが……よろしいですよね？　のちほど入院の書類等を看護師が持ってまいりますので、記入をよろしくお願いします」

事情を察したのか、医師はそう言い残してそそくさと病室を出ていってしまった。

「──奏さん、間違いなくあなたの子よ」

義姉は疲れきった顔で、勝ち誇ったように笑う。その顔には見覚えがあった。あの時の……わたしを階段から突き落としたあとと、同じ顔だった。

「そんなはずがない！　君はなにを言ってるんだ！」

カナちゃんが声を荒らげるなんて……見たことがなかった。

それは義姉が言っていることが本当だから？　それとも嘘だから？

「帰国前にわたしのところへ訪ねて来たでしょう？　ふたりして飲んだじゃない。あの夜、わたしのことを抱いたくせに。酔っていたから避妊もしなかったわ」

「いい加減なことを言うな！　あの時は……」

「いやっ！」

もう、これ以上聞きたくない。わたしはカナちゃんの手を振り払っていた。

さっきまで怒りで熱を帯びていた身体が急激に冷えていく。

寒いな……ここ。──遠いよ……カナちゃんが随分離れて見える。

「奈々！」

足元が崩れ、倒れそうになるわたしを彼が抱きとめる。その手を振り払いたいのに力が出ない。

「止めてくれないか。奈々の前で、ありえないことを言われても困る」

カナちゃんの声が怒りに震えている。彼はわたしの横にいるのに、まるで遠い所で話しているようだった。

「事実なのに、その子に聞かれたら困るとでも言うの？」

本当に義姉と？　お願い、嘘だと言って！

「どんな事実だ？　僕は今まで酔って意識がなくなるなんて一度もなかった。それなのにあの夜はまったく記憶がない。そんなのおかしすぎるだろ？　翌朝もまともに起き上がれなかった。あれは以前クスリを使われた時と同じだったよ」

先程より声のトーンが下がった。これはカナちゃんが本気で怒っている時の話し方だ。

クスリって、まさかとは思うけれど……

「信じて、奈々。絶対にないから」

カナちゃんが耳元で強く囁く。

本当に、信じていいの？

「僕の子だという証拠は？　君には他に……まあいい。誰の子かなんてＤＮＡ鑑定をすればすぐわかる。今は産前でも検査できるはずだ」

「嫌よ！　もし子供になにかあったら怖いじゃない！　出産するまで……検査は受けないわ。この子がかわいそうだと思わないの？」

義姉は愛しげにまだ膨らんでもいないお腹をさする。そこに……いるんだね。赤ちゃんが。

確かにお腹の中の子を調べるなんて怖いかもしれない。

「……わかった。それなら子供が生まれてすぐに検査してもらおう。ありえないが、もしそれで僕の子だと証明されたなら、その時は認知して養育費と慰謝料を支払うよ」

「カナちゃん！」

お金で済む問題じゃないのに、どうしてそんなことを言うの？　父親のいない子供の寂しさはわたしもカナちゃんもよく知っているはずなのに。

「ダメよ！　婚外子なんて……宮之原の娘として、そんなこと許されないのよ！　わたしたちは婚約しているのだから、子供ができたなら結婚しなきゃダメなのよ！」

さっきまでのお腹を撫でていたやさしげな表情が一変する。

「綱嶋の人間として、あなたには責任を取ってすぐにでも入籍してもらうわ。そうしないと、あなたもその子も会社にいられなくなるんじゃないかしら？」

義姉はそう言って、またあの不敵な顔で笑ってみせる。

確かに……彼がこのまま責任を取らなければ、世間的には子供ができた婚約者をカナちゃんが捨てたことになるだろう。そしてわたしは義姉から婚約者を奪ったと言われるのだ。

確かに子供に罪はない。引き取られた先で見た異母妹は可愛らしい赤ちゃんだった。

あの頃は近づくことも触れることも許されなかったけれど。今ではもうすっかり大きくなっているはずだ。

わたしさえ諦めれば……ふとそんな気持ちが湧いてくる。

「そんなことはさせないよ。いざとなれば僕たちは綱嶋物産を辞める。それに、あの夜のことも調べればわかるはずだ。僕にはバーで飲んでいたところまでしか記憶がない」

「あら、あなたが覚えてなくてもわたしが覚えているわよ。酔ったあなたはわたしを激しく求めて、まるで獣のようにわたしの身体を貪ったのよ。そして何度もわたしの中に……この子は間違いなく、わたしたちが愛しあってデキた子よ」

勝ち誇った笑顔。義姉にはそう確信できる証拠があるというの？

「いや、君の言うことは信用できない。嘘は得意のようだからな。それに君とは結婚できない」

「なっ！　わたしが嘘をついてると言うの？　——その子のせいね。その子がいるから！」

やはり義姉は変わってなかった。そのことに言い知れぬ脱力感を覚えた。

「美麗、いったいどうしたの？　大きな声を出して。外まで丸聞こえよ」

ガチャリと病室のドアが開き、継母が父と連れ立って入ってきた。

「ママ聞いて！　奏さんたら酷いのよ？　子供ができたのに、婚約解消するなんて言うのよ」

「――婚約解消って、どういうことなの？」

継母はベッドに駆け寄り、義姉を抱きしめながらこちらを振り返る。

お父さん……まさか、婚約解消のことをまだ継母に話してなかったの？

その事実に軽い目眩いを覚えた。

またわたしはこの人に裏切られたの？

「奈々生のせいよ！　上野奈々生、その子が奏さんをわたしから奪ったのよ！」

「あの女の娘？」

継母がわたしのほうを向くと、ツカツカと歩み寄ってきた。

「この泥棒猫！　あんたのせいなのね！」

「きゃっ！」

いつかのように頬を打たれかけたその瞬間、間に入ったカナちゃんが継母の手を掴んでいた。

「なにをするんですか！　殴るなら僕でしょう。それに、あなたにこの子を殴る資格がありますか？」

「や、やめなさい。美寿々」

父も慌てて母を取り押さえていたが、すぐにその手を振り払われていた。

久しぶりに見た父は、随分老けてちいさく見えた。これならまだ上野のおじさんのほうが若く見える。

それにしても、わたしが泥棒猫？　義姉がわたしに言うならともかく、それをあなたが？

わたしの中のなにかがブチンと——キレた。

「泥棒猫って……それをあなたが言うの？　母やわたしから父を奪ったあなたが！」

もう、我慢できなかった。それはわたしが言いたかったセリフだ。ずっと、ずっと！

誰も憎まないようにと。それが母の言葉だった。だけどもう限界……

「な、なにをそんな昔のことを……ああそう、仕返しのつもりね？　あれは奪ったんじゃなくて、救済してあげたのよ。入院してばかりでなにもできない妻を抱えてお金にも困っていたから、彼の面倒を見てあげたのよ。あなたには慰謝料も養育費もたっぷり払ってあげたじゃない！　感謝してもらいたいぐらいよ。もう出ていって！　病人がいるのよ？」

どうして自分のやったことをそう棚上げできるのだろう。

感謝？　どうやったらできるのか聞きたいものだ。

わたしがほしかったのは……お金なんかじゃない！

「母から父を奪い、絶望させたまま死なせておいて感謝しろと？　不倫してたくせに、それを正当化しないで！　それに、入院中の母に離婚を迫った人が『病人がいるから』なんて、よく言えたものね。死を目の前にした人から、なにもかも奪っておいて！」

「なっ、なにを言い出すのよ」

「じゃあ、慰謝料なんていらないと言えば母を生き還らせてくれたの？　養育費はいらないと言ったら父を返してくれたの？　決してお金で買えないものを奪っておきながら、感謝しろだなんておこがましいにも程があるわ！」

せめて最後まで父を信じて死なせてあげたかったのに、この女のせいで母は失意のうちに逝ってしまった。継母が自分のお腹の子供を守るためだったとわかっていても、恨まずにはいられなかった。あと半年待ってくれたなら……母はもうすこししあわせな夢を見て逝けたはずなのに。

「なっ、なんて言い草なの！　昔から気に入らなかったのよ。引き取った時もろくに喋りもせず、人のことを睨みつけてきて……可愛げのない子！　だから実の父親だってあなたを捨てたのよ！」

父のほうを見ると、目をそらして下を向いてしまった。

こんなことを言われても、言い訳ひとつないの？　実の娘にかける言葉も――ないんだ。

「あなただって人のことを責められるのかしら？　結局はあなたも同じことをしたんでしょう？　義姉の婚約者を寝取ったくせに！」

「違っ……」

言いかけたけど……反論できなかった。

「僕らの婚約はすでに解消されている。そもそも海外赴任中お互い不利益を被らないための偽装婚約で、恋愛感情も肉体関係もなかったはずだ」

「でも美麗は実際にあなたの子供ができたって言ってるじゃない！　きちんと責任を取ってもらわないと困るわ。宮之原と、そして綱嶋の名に泥を塗る気？」

「今その議論をしていたところですよ。僕にはそんな記憶がない。それに美麗さんには、他に心当たりがあるんじゃないですか？」

「そんなもの、あるわけないでしょ！　ねえ、美麗」

「え、ええ。奏さんは酷く酔っていたから……」

カナちゃんには義姉さんのお腹の子の父親に心当たりがあるというの？

だけどこの人たち相手になにを言っても無駄なのだ。継母の中では、カナちゃんが義姉のお腹の子供の父親だということは確定事項。

たとえそれが誰の子であれ、継母がカナちゃんの子であると言えばそうなる。

この人たちはどんな手を使っても自分たちの思うように事を進めるだけ。

「もう、いい……」

「奈々っ！」

わたしは彼の手を振り切って病室を飛び出した。

一刻も早くその場から離れたくて、息が切れても立ち止まることなく走り続けた。

――いつだって、わたしがなにを言っても義姉の言うことが正しくなる。それがたとえ嘘でも……

それに、カナちゃんが義姉と朝まで一緒にいたのは事実なのだ。彼が覚えていないだけで、そういうことがあったかもしれない。

バチが当たったのかな……ついて行く気もないのに彼を欲しがったから。

諦めなきゃダメなんだ。カナちゃんのことを。

でも……きっと無理。

彼の温もりも、キスも、やさしく甘い声も、指も……彼の熱く激しい熱情のすべてを知ってしまった今、すぐに忘れるなんてできっこない。

そう思えば思うほど涙が溢れて止まらなかった。

こんなにつらいなら、再会しなければよかった。そうすればいつかカナちゃんのことなんか忘れて、他の人と恋ができたかもしれないのに……なんて、それも無理。

今までだってカナちゃん以外考えられなかったのに。彼を受け入れ、結ばれた今では。

だけどこのままずっとカナちゃんと一緒にもいられない。

どうすればいいかわからないまま、わたしは走り続けた。

8.5 悪夢 ～奏～

なぜこんなことになってしまったんだ?

ようやくこの手にして、数時間前まで彼女は僕の腕の中で微笑んでいたのに……

滑らかな肌を手繰り寄せれば、奈々はしあわせそうな顔をして擦り寄ってくる。

僕にすべてを預けて信頼しきったその寝顔をずっと見ていたかった。

僕だけの奈々。なのにあんな顔をさせてしまった。

泣かせたくなくて、しあわせにしてやりたいとずっと願ってきたはずなのに……

奈々のことは何度も諦めていた。自分に力がないから、そして親友のモノになったからと。

口ではそう言いながらも慎と連絡をとり、ようやく彼女が誰のモノでもないと知ることができた。

再会して、まだ僕のことを思ってくれているとわかり、今度こそ手に入れて離さないつもりだったのに……諦めていた時にした偽装婚約が足枷になってしまった。

それでもすこしずつ僕の想いを伝え、懐柔して慣らしてきたが……その身体に触れつつも、最後の一線を越えることはできなかった。

母親のことで、不倫や略奪愛といったものに強い抵抗のある奈々には難しいことだった。

それでも毎日、触れて、抱きしめて、キスして……

はじめての奈々を怖がらせたり痛い思いをさせたりしないよう、慰安旅行の時から慣らし続けた。そうして、どんなことがあっても奈々を手に入れるつもりだった。

奈々のことだ、いざとなれば身を引こうとするのはわかっていた。

だが、そんなこと許すものか！　どんな手を使っても、逃げられなくしてしまうつもりだった。

それにしても僕なしでいられなくするつもりが、実際そうなったのは僕のほうらしい。

本当に好きな相手とひとつになる行為は、大きな快楽と充足感をもたらした。

はじめて奈々の中に己を沈めた時は、身震いするほど気持ちがよく、心まで満たされた。

身体だけでなく、心が叫んだ。僕のモノだ、愛していると。

ただ、我慢しすぎたせいか箍が外れて、かなり奈々に無理をさせたことは認める。

ふたりきりの執務室や狭い車内で行為に及ぼうとしたことも……多々あった。恥じらう奈々が可愛すぎて、ついやりすぎてしまった。

彼女がもっと慣れたら、いたるところで求めてしまいそうで自分が怖い。

社内でイカせた時は、震えてしがみついてくるのが可愛くて堪らなくて……

休みの日は、今日のように前日から泊まりに来て、夜通し愛しあい、一緒に眠り一緒に食事をする。そんな家族のようなひと時を、どれほど僕たちが求めてきたか。

ずっとこうしていたかった。このまま一生奈々と暮らすことができれば、他になにもいらないと思えるほどに。

それなのに、しあわせな休日をぶち壊した上にとんでもない爆弾を落とされて……。奈々は泣いて飛び出していってしまった。

これは……これは僕が今まで遊んできた報いなのか？

確かに帰国前日に美麗のところへ行った。だが、それは婚約解消するためだったのに――

「急で申し訳ないが、婚約を解消してくれないか？　来週帰国が決まったんだ」

奈々が誰のモノでもないと知ったあの日、僕はすぐに美麗と連絡を取った。

『そう……でも、わたしはもうしばらくこっちなのよ。今はまだ、婚約したままでいてもらえないかしら』

「それは困る。僕は帰国するし、この婚約は僕らのどちらかに本気の相手ができたら即解消……そういう約束だったはずだ」

『わかったわ……せめて最後ぐらい逢って、婚約者らしく食事でもしましょう。その時喧嘩して別れたってことにすればいいわ』

言われた通りフランスに立ち寄り、一緒に食事をした。そのあと軽く飲んだつもりが、酔って意識を失い——目覚めた時はお互いなにも身につけていない状態だった。

「これは……どういうことだ？」

目が覚めても、なかなか身体は動かなかった。指ひとつ動かすのが億劫なほどだるく重い。頭には靄がかかったみたいにはっきりしなかった。

そのことに酷く違和感を覚えたのは確かだ。

「おはよう、奏さん。昨夜はお互い酔ってたみたいね。たぶん大丈夫だから、気にしないで」

全裸の彼女はニッコリ笑うと立ち上がって、その裸体を見せつけるかのような仕草でガウンを羽織った。

——僕は、いつの間に彼女の部屋に来たんだ？

酒を飲んでまったく記憶がないなんて……ありえなかった。

これは……以前クスリを盛られた時と同じだ。

アメリカ留学時に質の悪い店で眠剤を盛られたことがあったが、その時の症状と酷似している。

「安心して。ピルを呑んでいるから」

「笑えない冗談はよしてくれ」

こんな状態で事がなせたとは思えないが、彼女が僕にクスリを盛る意図も不明だ。

さっきの彼女の発言は悪い冗談だったのか、それとも偽装とはいえ婚約中、一度も手を出さなかった僕に対する意趣返しだったのか。

そんな女を信じて偽装婚約した自分を責めたが、あとの祭り。その後、彼女と連絡が取れなくなり、不信感は更に募った。


それがまさか子供ができたと言ってくるなんて……

そうとも知らず向かった病院で、奈々は義姉と継母に酷く責められた。

『義姉の婚約者を寝取ったくせに！』

絶対に言われたくない言葉を、絶対に言われたくない相手に投げつけられ、奈々は病室を飛び出してしまった。その時の奈々の気持ちを考えると胸が痛む。

これも全部僕が安易に偽装婚約し、まだ片がついていないのに激しく求めて自分のモノにしたのが悪い。

——奈々は傷ついたと同時に罪悪感に押し潰されそうになったに違いない。それにしても自分たちのやってきたことを棚に上げて、よくあそこまで言えたものだと思う。

宮之原氏はすまなそうな顔を見せたが、傷つけられている実の娘を庇おうともしない。

——僕しかいないんだ。他に誰が奈々を守る？

走り去る奈々のあとをすぐに追えなかったのは、先に美麗ときっちり話をつけるためだ。

奈々を追いかけたい気持ちを抑え、彼女が走り去ったあとの病室のドアを前に立ち止まり、僕は振り返った。

「よくそこまで言えますね。今回のことは、僕を責めるべきでしょう？」

「あなたは考え直してくださればいいのよ。うちの美麗と結婚するほうが、あんな娘を選ぶよりずっと会社のためになるでしょう？」

僕が残ったことをいいほうに解釈した夫人は満面の笑みで話しかけてくる。

「そうでしょうか？　僕は美麗さんを信用できないんですけどね。僕と奈々が幼馴染だったのをご存知ですか？　僕は子供の頃から彼女を見てきました。だから、あなた方が幼い彼女にどんな仕打ちをしたのか知っています。あの当時の僕はまだ子供で、彼女を助けてやれなかった。あの子がその後、階段を下りるのをどれほど怖がったか知らないでしょう？」

「い、いつの話をしてるのかしら？　それはもうとっくに解決した話よ」

さすがにその話を持ち出されると思っていなかったのか、夫人の顔はすこし青ざめていた。

「あの時も美麗さんは嘘をついていた。今回もあくまで僕の子と言い張るのなら、徹底的に戦いますよ」

その言葉に一瞬美麗が怯んだように見えたが、母親はきつい視線を向けたままだ。僕は申し訳なさそうな顔をしてこちらを見ていた奈々の父親に問いかける。

「宮之原さん、あなたはどちらの味方をするのですか？」

「わ、わたしは……」

「パパは、わたしたちの味方に決まってるじゃない！」

反論なしか……しかたがない。

「それでは、全員僕の敵ですね。もし、僕の子でなければ、その時はそれ相応の代償を払ってもらいますよ」

お腹の子の父親について、まだ決定的なる証拠を掴んでいるわけではないが、ここで怯むわけにはいかない。僕は携帯を操作しながら病室を出る。キーキーと美麗の母親が叫ぶ声がドアの外まで聞こえていた。

「翠川、探偵を雇(やと)って、早急に調べてほしいことがある」

病室を出て真っ先に翠川に連絡を取った。彼は腹心の部下であり親友とも呼べる男のひとりだ。そいつに帰国前夜に美麗と行ったホテルの防犯カメラと、彼女の相手の男性の現状を調べるよう指示を出した。

『わかりました。至急手配します』

それから続けざまに電話をかけた。

「慎、頼みがある。奈々の居場所を探せないか？　携帯のGPS、家族なら申請できるだろ？」

『なんだよ、藪(やぶ)から棒に。できるとは思うが、なにがあったんだ？』

言いにくかったが美麗の妊娠の件を話すしかなかった。

『マジかよ……ホントにおまえはやってないんだな？』

「起きた時、身体が動かせないほどだるかったんだ。以前アメリカで眠剤を使われた時と同じ症状だった……そんな状態で、できると思うか？」

『まあ、無理だろうな……けど、なんでそんなことやるんだ？　わからんな、あの女は』

「ドイツに残っている部下に、その証拠と、美麗の相手の男性を調べるよう指示は出したよ」

『カズさんが興信所をやってるから、日本での情報収集を頼もうか？』

カズさんとは確か、橘和也。一個上のストライカーズOBの名前だ。

「頼む……なんとしても、疑いを晴らしたい」

いったん電話を切ったあと、しばらくして慎から着信があった。

『奈々生と連絡が取れたぞ。二丁目の大池公園にいるらしい。俺たちもそこに向かっている。おまえもすぐに行けよ。そっちのほうが近いはずだ』

俺たち？　いったい誰が連絡を取ったんだ？

『ちょっと、泣かすなって言ったでしょ！　最悪なことしててんじゃないわよ！』

その答えはすぐにわかった。電話の向こうで慎と一緒にいたのは真木だった。

あいつら……まさか付き合ってるのか？　まあ、それは今どうでもいい。

「わかった。すぐに行く！」

病院を出て駆け出す。

今は言い訳してもどうにもならないことはわかっている。それでも、奈々が信じてくれるなら、彼女を抱きしめて誓いたい。僕には君だけだと……

9 決意

「まだ……」

カナちゃんからの着信だったけれど着信拒否にした。

今はまだ話したくない……。カナちゃんは『絶対に違う』と言ってたけれど、義姉と子供ができるようなことをしたのかもしれないと想像するだけで頭がおかしくなりそうだった。

今までの経験上、真実はどうあれ、このまま義姉がカナちゃんの子供だと主張し続ければ、本当にそうなってしまいそうで怖かった。

「それにしても、ここはどこ？」

闇雲に歩きすぎて、自分が今どこにいるのかわからなくなっていた。

不安になったことで、涙と嗚咽が収まる。

泣きはらした顔で電車やバスに乗るのは恥ずかしいから、どこかでタクシーでも拾おうかと思い歩いている時、また携帯が鳴った。今度は違う着信音。

「真木先輩？」

『奈々生！　今どこにいるの？』

　通話ボタンを押すなり、いきなり叫ばれた。

「えっと、よくわからないですけど……バス停があります。二丁目大池公園前って……」

『だったらその公園の中に入って、そこから動かないで！　すぐに向かうから』

「あ、はい……」

　とりあえず言われた通り、公園の中に入っていった。池のある比較的大きめの公園のようで、あちこちにベンチが置いてある。そのひとつに腰掛けながら話を続けた。先輩と話していると、すこしだけ不安がやわらぐような気がする。

『奈々生、なんか大変なことになっちゃってるみたいだけど、大丈夫？』

　カナちゃんが連絡したのだろう。先輩は話を聞いているようだった。

「すみません、心配かけちゃって」

『いいのよ、それは。わかってると思うけど、あんな女の言うことを信じちゃダメよ？』

「わかってます。でも主張したもの勝ちというか、義姉（あね）が妊娠しているのは事実です。カナちゃんと一晩一緒に過ごしたっていうのは事実らしく……わたしなんかがなにを言っても、もうどうしようもなくて」

『その「わたしなんか」って言うのはやめなさい。奈々生を大好きな人たちが大勢いるんだよ？　世間がどれだけ敵に回ろうと、わたしと邦はあんたの味方だし、上野の家族だってそうでしょ？　いつもあんたが一緒に飲んでる少年野球チームのＯＢたちも……違う？』

皆わたしの味方をしてくれるだろう。それはわかっている。だけど……

『ようやく掴んだ恋じゃない。本当に欲しいものは欲しいと言ってもいいんだよ？』

『ちょっと代われ』

って、男の人にいきなり話し相手が代わってしまった。

『俺だ』

オレオレ詐欺じゃない。こんな言い方をするのは……

「慎兄？　どうして先輩と？」

『奈々生、かなでを信じてやれよ。あいつは昔から愛想笑いが上手くて、策略家で人を操るのが大好きな野郎だったが、おまえのことだけは本気で大事にしていた。それなのに振られるのが怖くて、十四年経っても迎えにこれねえ。マジでヘタレなだけだから！』

それはフォローしてるつもりなの？　親友のことをそこまで散々に言うかな。

『薄々気づいていただろ？　あいつの本性。やさしいようで他人のことなど、どうでもいいと思ってる冷めた奴だよ。そんなかなでが本気になるのも心の底から笑うのも、おまえの前だけだったろ』

「慎兄……」

それは慎兄の前でもだよと言いたかったけど、たぶん否定するだろうと思い、口にしなかった。

『とりあえず、かなでの奴はタコ殴りだな。おまえを泣かせたから……俺じゃなくて、おまえの先輩が黙ってないそうだ』

「真木先輩が？」

『奈々生、いい？　とにかく落ち着いて、よく考えてみて。どうすればいいかじゃなくて、自分がどうしたいかを』

先輩の諭すような言い方に、ゆっくりと深呼吸して考えてみた。

今までどうしたいかなんて、あまり考えたことがなかった。どうすれば周りの人に迷惑をかけずにすむかとか、そんなことばかり考えていた。おじやおばのために、そうしなければって。

「先輩……わたしは」

顔を上げて答えようとした瞬間、背の高い人が公園に入ってくるのが見えた。

「奈々っ！」

カナちゃんだ。髪を乱して肩で息して汗だくで……きっとここまで走ってきたのだろう。

だけど今はなにも話したくなかった。どうしていいのかわからないままだから……

『綱嶋くんが着いたようね、ちゃんと話しあいなさい。なにかあったらすぐに、わたしたちふたりで駆けつけてあげるから』

そう言って電話は切れた。慎兄と先輩がタッグを組んだら……かなり怖いな。

「真木から、このあたりにいると連絡をもらったよ」

カナちゃんが近づいてくるけれど、わたしは俯いたままベンチから動けなかった。

「奈々、信じてほしい……本当にありえないんだ。気がついたらベッドにいた……僕は今までお酒で意識や記憶を失ったなんてことは一度もないんだ」

だけどベッドにいたのが事実なら、カナちゃんの記憶がないだけで子供の父親である可能性はあるのかもしれない。

今はDNA鑑定があるのだから、嘘がバレたら困るのは義姉のほうだ。いくら自分のために平気で嘘をつく義姉でも、その嘘がまかり通らないことぐらいわかっているはず。

「もういいよ……カナちゃんが覚えてなくても、赤ちゃんができたんならどうしようもないじゃない！　義姉だって確信があるからああ言ったんでしょう？」

「それは違う」

「どっちにしても、お父さんがいないつらさは、わたしたちが一番よく知っているでしょ？　その子が『おまえの父親は婚約者である母親よりも他の女を選んだ』なんて言い聞かされて育つのは耐えられないよ。ましてやその相手がわたしだなんて、自分が許せない。だから……」

「愛してもいない女と結婚なんてできない！　以前は結婚なんてどうでもいいと思っていたけど、奈々を諦めなくていいと知った今は……僕は奈々としあわせな家庭を作りたい。奈々がいいんだ……君とこの先もずっと一緒にいたい。子供の頃の漠然とした想いじゃない、今ならそう確信できるんだ」

逃げようとするわたしを彼はギュッと抱きしめてくる。強く強引に。汗とコロンの匂いに混じって男の人の匂いがした。

「カナちゃん……」

その気持ちはうれしい。だけど子供がいるなら……。わたしは彼の胸を押し返し、その腕の中から抜け出そうとした。けれど、びくともしない。

「僕の子じゃないって確信があるから言ってるんだ！」

「でも、それじゃどうして義姉は断言してるの？」

「その理由はわからない。だがクスリを使われた可能性があるとすれば、そんなことをする彼女はまともじゃないと考えられるし、他にも不審な点はいくつもあるんだ。それに僕の子供だと検査でわかったとしても、子供のために結婚してしあわせになれると思うのか？　僕は奈々とでなければしあわせになれない。自分の親が不しあわせな顔をしているのをずっと見ていなくちゃいけないのは、子供にとっても不幸だよ」

「カナちゃんはわたしと一緒だと、しあわせになれるの？」

「ああ。自分勝手かもしれないけれど、もしもの時は認知と養育費以外で責任は取れない。僕をしあわせにしてくれるのは奈々、君だけだから。僕が奈々を選ぶんだ」

わたしは、カナちゃんに選んでもらえたんだ……

抱きしめられたその腕の中で、わたしはストンと自分の居場所を見つけた気がした。

「カナちゃんと、一緒にいたい……この先もずっと」

世間にうしろ指さされることになっても、おばたちの気持ちを裏切ることになっても、わたしはカナちゃんと一緒にいたい……それがわたしの一番したいことだと確信できた。


「んっ……はぁ」

カナちゃんが住むマンションのドアを入ってすぐ、我慢しきれずに貪りあうようなキスをかわしていた。

公園からここへ帰ってくるまで、ふたりとも無言だった。

言葉なんかいらない。どう想っているのか、どうしたいのか、ただそれだけの気持ち。

「奈々、言葉に表せないほど、愛してるよ」

「んっ……わたしもだよ。でも……」

「お願いだ。僕を信じてほしい」

「信じてる。だけど……ううん、今はもういい。わたしはカナちゃんと、これからもずっと一緒にいたい。それだけだから」

「僕もだよ。たとえ世界中を敵に回しても、ふたりで生きていきたい。僕のお嫁さんになってくれるだろ？　すぐにでも子供を作ろう。……奈々との子供が欲しい。すごくそう思ったんだ」

「子供？」

「嫌かい？　僕は奈々との子供をこの手に抱きたい。そして、監督たちのように家族揃ってしあわせに暮らしたいんだ。一緒に奈々の作ったごはんを食べて一緒に眠りにつきたい。これからもずっと」

「カナちゃん……」

ふたりとも家族運はなかったと思う。だからこそ自分たちの家が、家族が欲しいと思う。

幼い頃に見ていた夢は、カナちゃんと家族になることだった。

「奈々、今すぐ君を抱きたい。奈々の身体の奥底まで僕を沈めて、僕のモノでいっぱいにしてしまいたい。そして……奈々が孕むまで交わり続けたい」

「孕むって……」

「ああ、僕の子は奈々が産んで。美麗がなにを言ってきても、揺るがない絆が欲しい。奈々が逃げ出さないよう、ココで僕のすべてを受け取ってくれないか」

カナちゃんの熱いものが下腹部にグリグリと押しつけられる。

「今日から避妊しないよ。なんの隔たりもない僕自身を奈々の中に迎え入れて。孕むまでたくさん注いであげるから。どろどろになっても、やめてあげないよ」

「……うん」

わたしはその言葉に頷いていた。赤ちゃんができてもかまわない。カナちゃんはわたしを選んでくれたのだから。

「すぐにでもすべての片をつけて、退職届を出しに行こう。僕らは一生添い遂げるんだ。もう二度と離さない」

リビングに衣服を点々と散らし、ベッドになだれ込む。

「奈々」

「いいよ、カナちゃん。今日は……」

今まで全部諦めてきた。だけどカナちゃんだけは諦めたくない。義姉にも……誰にも渡さない。

「ごめん、あとでたっぷり可愛がってあげるから、すぐに入らせて……奈々の中に。もうこんなに濡れてるから大丈夫だよね?」

「やっ……言わないでぇ」

カナちゃんが指で触れたそこは、知らぬ間に熱く泥濘んで……恥ずかしいほどだった。

「ほら、こんなに蕩けて……言って？　僕が欲しいって」

「んっ……カナちゃんが、欲しいの。早く……来て」

濡れて疼くそこを指でなぞられ、軽く掻き回されると堪らなかった。どうされれば気持ちいいか、もうすでに知っている。全部カナちゃんに教えられたから。

「ああ、僕の奈々……なんの隔たりもなくつながれるなんて、しあわせだよ」

「ああっ……んっ」

ゆっくりと彼が入ってくる。なにもつけていないソレは温かくて滑らかで……でも大きくて。ズブズブとわたしの中に埋まっていく。

最初は、じっと動かないでいてくれた。その感触が、すごくリアルに伝わってくる。いつもの避妊具がないだけで、こんなにもはっきりと彼のカタチまでわかってしまうなんて。

「気持ちいいよ、奈々の中」

「わたしも、気持ちいい……カナちゃんのが、はっきりわかるよ」

「ああ、僕も。奈々の中の襞のカタチまで感じられる。うねってるね。すごく気持ちよくて……すぐに果ててしまいそうだ。奈々も気持ちよくなってるのが伝わってくるよ。そんなに搾り取ろうとしないで。もたなくなる」

「だって……あっ、動いちゃ、やぁ」

「ごめん、我慢できないんだ。すぐに出させて……奈々の中に直接。早く、僕の子を孕んで」

「あああっ！　ひっ……んんっ」

激しくなる彼の腰の動きに翻弄され、中を直接擦り上げられた途端、わたしはビクビクと膣を痙攣させてしまっていた。

「っ……持っていかれる。はっ……く」

ふたり見つめあって、彼が果てるのを感じていた。わたしの中に温かいものが注がれ、また絶頂を迎え収縮を繰り返す。

「わかるかい……たくさん出たよ。奈々の中に」

「うん、もっと……欲しい」

「ああ、僕が一度じゃ終わらないことは、知ってるだろ？　このまま抜かずにしてあげるよ」

キスと胸への愛撫を繰り返しながら、彼はふたたび硬さを取り戻す。

そしてゆっくりと律動をはじめ、わたしを追い込んでいく。

擦り上げるようなその動きは、わたしの敏感な蕾を剥き擦り、ふたたび絶頂に追い上げる。

「やあぁ……イク、イッちゃう……また、んっ」

そのたびにわたしは身体を強張らせ、彼自身を締めつける。そうすると、もっとはっきり彼の存在を感じ、また感じてしまうことの繰り返し。カナちゃんは、さすがに二度目は長く保つのか、ゆっくりとした動きでわたしを翻弄していく。

「今度はこっち」

くるりと身体を回転させられ、うしろからの抽送に変わる。

「やっ……んぐっ、あっ……あっ」

腰を打ちつけられ、奥を抉られるようなその激しさに、声が漏れ、嗚咽を繰り返す。

また違うところを擦られて、気持ちよくて……もうなにも考えられない。

「いい声。だけどやっぱり奈々の顔を見て出したいな」

ふたたびひっくり返され、彼と向きあった体勢になり、激しく腰を使われて視界が揺れる。

「もう……ダメ……イクっ」

わたしはまた絶頂に達し、また気持ちよくなっての繰り返し。

「カナちゃん……やだぁ、一緒がいい……お願い」

「奈々に懇願されるとつらいな。わかったよ、まだまだ頑張れるけど、一緒にイこう」

そう言ってわたしを強く抱きしめ、擦り上げてくる。

「ああ、いいよ。奈々の中にたっぷり出してあげるから……受け取って」

「うん、早く欲しい……。ちょうだい、カナちゃん」

「奈々、もう手加減できない」

そう言うとわたしの脚を持ち上げ、ぐいっと大きく押し開かれてしまった。

「ひゃっん！」

「壊したくないけど壊してしまいそうだ。奈々の、一番奥で受け止めて」

激しいその動きに翻弄され、彼のモノが一層大きさを増す。

「やっ、また……イクっ！　やっ、もうこれ以上、こわい……」

「もっとだ、もっとイッて……」

「ダメ、また……っ！　ああぁ……」

イキっぱなしのわたしは痙攣を繰り返し、息が切れ、全身の感覚が剥き出しになる。

「やっ……しんじゃ……ひっ」

下腹部がビクビクと痙攣を繰り返し、息もできない。

「奈々、奈々、あっ……く」

わたしのナカで彼がビクビクと震え、また熱い体液を注ぎ込んでくる。

その瞬間、身体と心が同時に絶頂を迎え、一瞬意識が飛んだ。

「まだだよ、奈々」

ふたたび揺すられて意識を取り戻す。

彼はゆるゆると腰を動かし、中のモノは硬さを増していく。

彼の指が敏感な突起を撫で続けているので、わたしの快感はまたもや掘り起こされる。彼が完全に復活するまで舌と指の愛撫が加えられ、彼のモノを締めつけよろこばせてしまう。

「いいよ、奈々……すごくいい。何度でもできそうで……おかしくなりそうだ」

カナちゃんはいつもの紳士の仮面をかなぐり捨てて、獰猛な動物が獲物を喰らい尽くすかのようにわたしを貪る。そして甘く呆けた表情でキスを繰り返し、切ない声を漏らしてわたしの中で果てる。

愛され求められる実感は、わたしに得も言われぬ充足感を与えてくれた。

理性や戸惑いのすべてを解き放ち、絶頂を繰り返して天辺まで昇りつめたその瞬間は、自分が壊れるのではないかと思ったほど。その後は苦しくて……呆けたようにイキ続けた。

「もう……ダメ」

わたしがそう口にするまで、カナちゃんはわたしの中を攻めたて、何度も注ぎ込んだ。

「くっそ……もう、でないよ」

悔しそうに言うけど、わたしの中はカナちゃんのモノでいっぱいで……ヌルヌルとしていて、気持ちよくて。その快感と言ったら、時にはわたしが彼の上で突き上げられながら、腰を振って求めてしまうほど。

赤ちゃん、できたかな……できてたらいいのに。

そう願いながら明け方近く、ようやく眠りに落ちた。


「おはよう。大丈夫？」

「カナ……ちゃん、おはよ……」

喉が嗄れて、まともに声が出ない。

「大丈夫じゃなさそうだね。奈々は、会社休んだほうがいいよ。僕が、かなり無理させたし……。監督には昨日熱を出して真木の家に泊まったことになってるから。今日の夜には慎が迎えに来てくれることになってる。だからそれまでゆっくり休めばいいよ」

そうだった……なにも考えずにカナちゃんのマンションに泊まってしまったけど、おばさんに連絡するのをすっかり忘れていた。真木先輩が気を利かせて連絡を入れてくれたみたいで、迎えに来る気満々のおじに、慎兄が自分が行くからと言ってくれたそうだ。

慎兄と真木先輩……やっぱりあのふたりって、付き合ってるのかな？

「それじゃお言葉に甘えて……休ませていただきます」

「それじゃ行ってくるよ」

ちゅっと軽くキスを残して、カナちゃんは会社に行ってしまった。

多少あちこちに違和感があるものの、部屋の中を動き回るくらいはできそうだった。

すこし休んだあと起き出して、掃除したり、ありあわせの材料で作り置きの料理とかしてみたり……

なんだかホントの新婚さんのような気分だった。

――昼すぎまでは。

『奈々生、大変！　宮之原のおばさんが会社に乗り込んできた！』

それは、邦からの電話だった。継母(はは)は、受付でかなり騒いだらしい。

『あたしもセンパイから事情は聞いてたけど……奈々生の名前出して、婚約者を取ったとか騒いでた。あんなことして頭おかしいんじゃないのって、感じだったよ』

結局その後、社長室に通されたらしい。それじゃ、義姉(あね)のお腹の子供のことも社長や会社の人たちに伝わってるだろうな……

「そのことカナちゃんは？」

『あたしからセンパイに連絡したから伝わってると思う。その前に社長経由で聞いてるかもしれないけど』

「そっか、ありがとう。邦」

『一応、奈々生は綱嶋さんの幼馴染(おさななじみ)でずっと愛し合ってたんだよって。そもそもこの婚約は海外赴任中の間だけの偽装で、それもすでに解消されてて、おまけに妊娠しているのは他の男の子供なのに押しつけようとしているらしい。って、噂を流しといたから』

「邦……それはちょっとやりすぎじゃ」

『でもこれが事実でしょ？　皆、綱嶋さんに同情的だから、噂はあっという間に広がると思うよ。それにさ……綱嶋さんって清廉そうに見えるけど、そうじゃないよね？　もっとこう腹黒な感じがするんだけど。だから、子供作りたくないのに失敗したりしないよ。本気で結婚したい相手が二の足踏んでたら、わざと作りそうだけど』

それは当たってるよ、邦。昨日も散々……その、されちゃったし。

『とにかく、しばらくの間は会社に出てこないほうがいいと思う。有給残ってるでしょ？　たくさん使っちゃえ！』

「でも……」

『いい？　絶対に来ちゃダメだよ！　それじゃ、席にもどるね』

邦はトイレから電話してきていたようで、慌てて切ってしまった。

そのあとすぐカナちゃんに電話したけれど、つながらなかった。

夕方には『大丈夫だから』と連絡があったけれど、帰りは遅くなるようで、不安で堪らなかった。

「ごめん、遅くなって」

「カナちゃん！」

夜遅くに帰宅してきたカナちゃんに、思わず抱きついていた。

「慎から連絡があっただろ？」

「うん」

迎えに来ると思っていたら、『奈々生は当分そこにいろ』と連絡があった。

上野の家の電話が酷いことになっているらしい。

『オヤジたちは今夜から俺のマンションに泊まらせる。おまえも帰ってこないほうがいい』

以前うちが宮之原の条件を呑まなかった時のようになっているらしかった。

「カナちゃんは大丈夫だったの？」

「警察にも連絡したし、弁護士の手配も済ませたよ。念のために、婚姻届の不受理申出書も朝一で出してきた。直後にあの母親が婚姻届を出しにきたらしくてね、危なかったよ」

「そんな……酷い」

継母（はは）がそこまでやるなんて……。手続きがうまくいかなくて会社に乗り込んできたの？

「奈々、なにがあるかわからないから、これからしばらくひとりで出歩かないように。いいね？」

「でも……おばさんたちにまで迷惑かけて。どうすればいいの……」

幼い頃、仕事を邪魔され、おじたちが困り果てていたのを覚えている。

「なんとしてでも僕と美麗を結婚させたいらしいが、さすがにこのやり方はうちの養父も気に食わなかったようだよ」

「社長が？」

「ああ。他の縁談を用意しているのに、変な噂を流されてはね。かなり怒っていたよ」

「カナちゃん、一度会社に行ってもいいかな？　辞めるにしてもケジメをつけたいよ」

いろいろな人に、これ以上迷惑はかけられない。

そのあと継母に嫌がらせを止めるように頼もうと思う。無理かもしれないけれど、わたしに言いたいことを言えば、すこしは気が晴れるかもしれないし。

「すぐには無理だね。しばらく有給を使って休むといい。一週間後、僕と一緒に行くのなら許そう。その時、僕も一緒に退職届を出すよ」

「ダメだよ！　そんなの……カナちゃんまで」

「僕の責任だと言ってるだろう。それよりも奈々はどうする？　まだ僕とアメリカに渡る覚悟はできない？」

「覚悟は……できてるけど、おばさんたちとも一度ちゃんと話がしたいな。迷惑かけてるし」

「わかった。僕も正式に奈々をくださいって挨拶しに行こうと思っていたところだ。アメリカに連れて行くつもりだということも言うけど、いいよね？」

「うん……」

おばは、そのことを受け入れてくれるだろうか？　それだけが心配だった。

そして翌日、社内での噂は酷くなっているらしく、先輩にも出てこなくて正解と言われた。

カナちゃんのマンションの電話もなり続け、コンセントを抜いた。わたしの携帯も登録している番号以外は着信拒否にした。こんな調子では、カナちゃんも仕事にならないだろうと心配で堪らなかった。

「奈々、おいで……不安だっただろう？」

一日中マンションでひとり過ごし、カナちゃんの帰りを待っていた。

彼だって大変なはずなのに、できるだけ早く帰ってきてくれたらしい。

わたしは守られるばかり……。彼が受ける誹りを、わたしも一緒に受けたいのに。

一日中、彼を待ちわびておかしくなりそうだった。

不安で、寂しくて、皆に申し訳なくて……

帰ってきたカナちゃんに抱きついて、キスしてもらって、そのまま玄関先やリビングのソファで求めてしまう。怖くて、つながっていないと不安で堪らなかった。

「もっと、ぎゅっとして」

自分がこんなにも甘えただなんて知らなかった。

「奈々がこんなにも積極的だなんて……僕はうれしいけど」

「もう！　そんなつもりじゃ……」

「わかってる。不安なんだよね」

胸が押し潰されそうだった。

会社でカナちゃんが責められていないか心配で。

それでも彼から離れるという選択肢はなかった。もう、そんなことは考えられないほど彼はわたしの一部になっているし、彼にとってわたしも……そうだと思いたい。

「カナちゃん、好き。大好き」

「僕もだよ、奈々。愛してる」

今まで口に出せなかった言葉が溢れる。

求めあう互いの存在と温もりだけが頼りだった。

一週間後、わたしとカナちゃんはふたりで退職届を出した。

会社では目立つからと、日曜に社長の自宅へ出向いて。

「逃げるのか？　上野奈々生」

「逃げません。ただこれ以上、会社に迷惑はかけられませんから」

わたしは必死で睨み返しながらそう答えた。

「おまえまで辞めなくてもいいだろう？　奏」

「会社に迷惑をかけているのは僕も同じです。だったら一緒に責任を取るのが筋でしょう？」

「おまえはわたしが与えてやったすべてを捨てるというのか？　高校にも行けず、泣きついてきたおまえを養子にして、海外留学までさせてやったのは、なんのためだと思っているんだ！」

「そのことは本当に感謝しています。今の自分があるのはあなたのおかげです。しかし、奈々と別れることはできません。あなたは言いましたよね？　宮之原との婚約を解消しても他の有益な家柄の女性を用意するからと」

「ああ、今後の綱嶋の未来を考えれば、おまえの妻が誰でもいいというわけではない」

「僕は彼女以外の女性と一緒になるつもりはありません。むしろ奈々さえいればそれでいい。他のすべてを失ってもかまわないと思っています」

「今までわたしの言うことを聞いてきたじゃないか！　それに逆らうほど、その子に価値があるというのか？」

「ええ、ありますよ。僕が一人前になりたかったのは、奈々を迎えに行くためです。そのためなら、なんでもやってきました。あなたに頭を下げて学費を出してもらったのも、全部それが目的でした。こうして手に入れた彼女を手放す気はありません」

「ならば愛人としてそばにおけばいい。秘書として今まで通りに」

「そんなことはしません！　それに、僕はもう自分を偽りたくない。彼女が好きだと言ってくれたこの瞳も、髪も、そのままの自分でいたい。本当は名前も変えたくなかった……。かなではピアノを弾いていた父がつけてくれた名前だったから」

「奏……」

「僕の籍は抜いてください。これからは水城奏として生きていきます」

「そんな勝手、認めんぞ！」

社長は怒鳴っていたけれど、カナちゃんは深くお辞儀をすると、わたしの腕を引いて家を出た。

「よかったの？　あんなこと言っちゃって……」

「いいんだ。養父には悪いけど、奈々のことは譲れないよ」

「でも！　綱嶋のお父さんはカナちゃんに跡を継いでほしかったんだよ？」

「わかってるよ。養父が期待してくれてたことは……。だからこれまでは彼の言うことを聞いてきた。結婚相手だって奈々と再会するまでは誰でもいいと思うほど。だけど奈々を手に入れた今、そんなことはできないよ。僕はもう、奈々との未来しか考えられない。だから、結婚しよう」

「カナちゃん……」

「奈々、今から婚姻届をもらいに行かないか？」

「ええっ？　い、今から？」

「ああ、すべてはこのゴタゴタが片づいてからだけど、すこしでも前に進みたい。この一週間で、家に帰って奈々が待っていてくれることがどれだけしあわせか、知ってしまったからね。もう奈々のいないあの部屋は考えられない。奈々はどう？」

「うん。わたしも……カナちゃんとずっと一緒に暮らしたい。でも……」

「わかってる。監督たちの許しが欲しいんだろう？　それじゃ今から許可をもらいに行こう。ダメだと言われても、僕は強行するけどね」

慎兄のマンションにいると言っていたので連絡すると、ふたりともすでに店のほうに帰ってしまったらしい。

「それじゃ、上野の家に向かおう」

だけどその予定は狂うことになった。

――義姉が自殺未遂をしたと、宮之原の父から連絡があったのだ。

10　真実は暴かれる

「あんたのせいよ！　あんたのせいで……美麗は」

病室に入ってすぐ、継母はわたしを罵倒した。

まるで十八年前、わたしが階段から落ちた時と同じ……

どうやら義姉は、果物ナイフで発作的に手首を切ったらしいが、傷は浅かったという。

「ねぇ、奏さん。美麗と籍を入れてくれるだけでいいのよ？　そのあとのことは、子供が生まれたあとで考えればいいじゃない。あなたの子なのよ？　この子のために、そのぐらいしてくれてもいいでしょう？」

ああ……もしかして、母も同じことを言われたのだろうか？　母がどんな思いをしたか、想像できてしまう。

「そうよ、その子は愛人にすればいいのよ。なにも別れろとは言わないわ」

継母は、まるでいいことでも思いついたように言う。

「籍は入れないとお話ししたはずです。認知するか否かも子供のＤＮＡ鑑定をしてからの話だと弁護士を通して言ってあります。それが気に食わなければ裁判を起こしていただいて結構です」

「酷いわ！　弁護士を立てて……被害届まで出したそうね？　わたしたちがなにをしたというの？　この子のせいなのね？　あの女の娘が……」

あの女？　まるで被害者は自分だけ、というような言い方だ。母はそんな言われ方をするようなことはしていないのに。

「あなたは、自分がしたことがどれほど他人に迷惑をかけているのかわかっていないようですね？　自分たちさえよければ、なにをしてもいいと？　僕たちは会社を……」

会社を辞めてきた。そう、カナちゃんが話そうとしたその時――

「もう……やめてくれ！　美寿々、これ以上奈々生を責めないでくれ！」

父が大きな声をあげて継母(はは)を止めた。

「この子からなにもかも奪ったのはわたしたちだ。優子を苦しめて死なせてしまった。そんなわたしたちにこの子を責める資格なんてないんだ」

「あなた、なに言ってるのよ？　この子は美麗の婚約者を奪おうとしたのよ？」

「かなでくんは奈々生の幼馴染(おさななじみ)だ。わたしや母親がいなくなったあと、ずっとそばにいて奈々生を支えてくれた存在なんだ。この子から奪わないでやってくれ」

えっ？　お父さんはもしかして、知ってたの？　カナちゃんのこと……

だった。

「それに美麗の子も本当に彼の子かどうかわからない。鑑定が出てからの話だ」

まさか……父がわたしを庇うなんて夢にも思わなかった。これははじめてのことだった。

「あなたは美麗を信じないというの？　この子を庇うのね……実の子だから」

「そうじゃない。美麗もわたしの娘だと思っているよ。どちらも可愛い。だが、君もあの時、約束したのに聞いてくれなかったじゃないか！　子供が生まれるまで、その間だけの入籍でいいと言っていたのに、そのあとも離婚には応じてくれなかった。その間に優子は死んでしまったんだ」

それって……どういうこと？

「あの時、助けてもらったことは感謝している。昼も、夜も仕事して、それでも入院費や生活費が足りなくて困っていたのを助けてもらった。そして死の迫る妻を見ているのがつらくて、わたしは君という存在に逃げた。金銭面でも、生活面でも面倒を見てもらって……。だからなんでも言うことを聞いてきたじゃないか！　君が優子に離婚を言い出した時も、この子を怪我させた時も！」

「あなたは黙っててちょうだい！　この子には養育費と慰謝料を充分にあげたんだから、文句を言われる筋合いはないはずよ」

「わかりました。それでは僕もそうしましょう。お金さえ払えばなにをしてもいいと本気で思ってらっしゃるのなら。検査の結果、僕の子供だった場合は充分な養育費と慰謝料をお支払いします。しかしそれ以外はいたしません」

「なんて非常識なの……訴えてやるわ！」

「どうぞ、お好きになさってください。僕が一生を共に生きたいと願うのは奈々だけです。そのために、仕事も家も名前も捨てました。綱嶋の名前や財産をあてにしているのなら、そんなものもうないですよ。今の僕はなにも持っていないのだから」

継母はギリギリと歯ぎしりをして、今にも地団駄を踏みそうなほど怒りを露わにしている。

カナちゃんは、表面上は冷静に見えるけど、わたしの肩を抱く手は怒りで震えていた。

「その子も一緒に訴えてやるわ！　どこにもいられなくしてやる！」

「どうぞ、そうしてください！」

わたしも……とうとう我慢できなくなった。

「わたしは訴えられてもかまわない！　だけど、上野の家に迷惑をかけるのだけは許さない。わたしが憎いなら、わたしだけ責めてください！　今回の件では、あの人たちはあなたになにもしていないのに！」

はあはあ、と肩で息をしながら叫んでいた。これから先、たとえカナちゃんとふたり慰謝料や養育費を払わなければならなくなっても、そのために生活が苦しくてもかまわない。ただ、上野のおじたちにだけは迷惑をかけたくない。

「奈々……大丈夫だ。僕がそんなことさせない。しかし、子供がお腹にいるというのに、自ら命を絶とうとするなんて……お腹の子を殺そうとする母親に育てる資格はあるのですか？」

彼がちらりと義姉を見ると、すぐさま目を逸らした。

「あなたのせいでこんなことになったんでしょう？　それを棚に上げて……いいわ、宮之原相手にどこまで立てつけるか、やってみなさいよ！」

「よろしい。それでは綱嶋と藤沢も受けて立ちましょう」

ガチャリとドアを開け、病室へ新たに参戦してきたのは綱嶋社長だった。

「もちろん、藤沢の叔父にも話は通してあります。藤沢家は先代からずっと宮之原の本家の方々と懇意にさせていただいていますからね。分家のあなたが、どこまでできるつもりでいらっしゃるのかな？　自由にできるのはせいぜい今ご主人がおられる会社ぐらいではないのですか？」

「なっ……」

継母は完全に黙ってしまった。社長、すごい……でもどうしてここに来たの？

「社長、会社規模で争おうとしないでください。これは僕の問題です」

カナちゃんは落ち着いた声でそう言うと、わたしから離れ義姉のベッドへと歩み寄った。

「美麗さん、僕の目を見てください」

そうだ、今日のカナちゃんはコンタクトを入れていない。というか、ここ最近は、ずっと裸眼だ。わたしの好きな瞳でずっと一緒にいてくれた。

「ひっ！　なにその目の色！　気持ち悪い……」

酷い！　あんなに綺麗な色をしているのに？

「僕の子供を産むつもりなのに、気持ち悪いですか？　僕はロシアとのクォーターです。父よりも祖父のDNAを濃く受けついだようで、髪も黒く染めているけれど、元はもっと明るい色をしています。僕の子なら、そういった遺伝が出る可能性も高いと思いますよ？」

「嘘……」

「あなたは本当に死ぬつもりだったんですか？　脅して籍を入れて、そのあとDNA鑑定を拒否してなし崩しにするつもりでしたよね。もしくは、宮之原の研究機関に僕のだと偽って相手の男の遺伝子とすり替えるつもりでしたか？」

義姉は呆然と彼の顔を見つめていた。

「もういいです。いらっしゃったようですよ。——その子の本当の父親が」

皆が呆然とする中……蒼白な顔の男性を連れた慎兄が入ってくる。父とよく似たタイプの、やさしげだけど気の弱そうな男性。酷く憔悴(しょうすい)して見えた。

「美麗……すまなかった！　つ、妻とは別れる……許してくれ」

「久保木(くぼき)、おまえ……」

どうやら父も知っている人間のようだった。左手には結婚指輪……既婚者だ。

「僕の優秀な部下と、親友が探し出してくれました。美麗さんがいなくなってから様子がおかしかったようですね。ホテルに部屋を取り、ふたりで会っているところも確認が取れています。この病院にも、こっそり来ていたようですが」

「す、すみません、宮之原専務！　お、お嬢さんに……誘われたんです。転勤先にまでついて来られて、別れ話をしていたら、子供ができたって……わたしはそんなつもりじゃなかった」

「もういい！　見苦しい……言い訳してもどうしようもないことをしたんだ。あとは誠意を尽くすしかないだろう」

　父がそんなことを言うなんて……

「その男が美麗のお腹の子の父親なんて！　嘘をついてるのよ！　そうなんでしょう？　美麗が嘘をつくはずないじゃない！　綱嶋にいくらもらったの？」

「美寿々、いいかげんにしなさい！」

　父が継母(はは)の頬を打った。

「あ、あなた……？」

「おまえもだ。美麗！」

義姉の頬も打った。

「パ、パパ……？」

義姉も継母も頬を押さえて呆然としている。父は……決して手を上げるような人ではなかったのに。

「欲しいものを無理やり手に入れるのは、周りに迷惑をかけるだけだ！　美麗は、命を粗末にするんじゃない！　もう、ひとりの身体ではないんだ……自分も人も怪我させてはいけない。もちろん、人を階段の上から突き落とすのも許されない。それをちゃんと正せなかったわたしにも責任はある。子供を産む前に一緒に勉強し直しだ。久保木くん、君も。そして美寿々、おまえもだ」

「どうしてわたしが……」

まだなにか言おうとする継母を制して、父は綱嶋社長に向かって深々と頭を下げた。

「綱嶋さん、妻と義娘がご迷惑をおかけしました。謝って済む問題ではありませんが、こうなったのも、わたしが至らないせいで……責任はわたしにあります」

「お父さん……」

「わたしなどの謝罪にはなんの価値もありませんが、どうか許してやってください。わたしが宮之原を辞めて、一から出直そうと思います」

「あなたが責任を取るから、宮之原の家には手を出すなと？」

「はい。申し訳ありませんでした。しかし……この子も、美麗もかわいそうな子なんです。実の父親が酷かったらしく、再婚する前、わたしが遊びに行くと本当にうれしそうにしてくれて。帰ろうとすると泣いて離れず、わたしは見捨てられなかった」

「実の娘を捨ててまでかね？」

社長のその言葉にカナちゃんが反応していたけれど、その手をぐっとつないで彼を止めた。

「奈々生には……義兄さんたちがいてくれましたから。上野の家を訪ねても、奈々生はわたしに懐いてくれなかった。そりゃそうです、ろくに会いにも行かなかったのですから。わたしは奈々生の父親になれなかった。だからせめて美麗の父親になってやりたかった。けれど叱るのが怖くて……情けない話です」

「パパは理想のパパだったの……」

うなだれる父を前に、義姉が頬を押さえたままそう口にした。

「本当のパパは乱暴でわたしを嫌っていたわ。だからやさしくて素敵なパパがほしかったの。なのにパパには奈々生がいた。うちにきてもずっと奈々生のことを気にしてるのわかってた。だから奈々生がいなくなればわたしだけのパパになると思って。あの日だって、奈々生がパパとふたりで出かけようとしてるのが悔しくて、思わずうしろから……」

「亡くなった母のお墓参りに、あなたを連れていけるわけないじゃない！　あなたもあなたのお母さんも、母がどんな気持ちで死んでいったかなんて考えたことないでしょう？」

　思わず声を荒らげてそう叫んでいた。

「そんなこと、考えたことないわ。だってママが、パパの奥さんは病気でパパのこと苦しめてるんだって……」

「好きで病気になる人なんかいるわけないだろう！　奈々も、奈々の母親もおまえたちに苦しめられたんだ」

「なによ！　奏さんだって……理想の結婚相手だと思ったのに！　最初は偽装のつもりだったけど、何度逢っても手も出してこないから……悔しかったの！　しかも好きな人がいるんだってうれしそうに話して。それが奈々生だったなんて……。わたしを好きになってくれるのはどうしようもない男ばっかり。どうして奈々生ばっかりしあわせになるのよ！」

「はぁ？　それはおめえの性格が悪いからだろ！　奈々生は自分でしあわせを掴み取ったんだよ。こいつはいつだって人を思いやって頑張ってきたんだ」

「慎兄？」

我慢できなかったのか、そう叫んだのは慎兄だった。

「こいつらが十年以上前から想いあっていたのは俺が一番よく知ってんだ。それを引き裂くような真似しやがって……どんだけ強欲なんだよ、あんた」

「わ、わたしはなにも……」

「どの口が言ってんだよ！　かなでにクスリを呑ませて既成事実作ろうとしただろ？　証拠は揃ってるんだよ。フランスのホテルの防犯カメラもボーイの証言もかなでの部下がきっちり押さえてるぞ」

「だって！　どうしても……父親になってほしかったのよ、奏さんにこの子の」

「美麗、おまえも母親になるなら、相手の気持ちを考えられるようにならなければならない。おまえの母親がやっていることがおかしいことぐらい、わかっているだろう？」

「あなた……わたしがおかしいとでもおっしゃるの？」

「おまえがこんなに壊れているなんて……気がつかなかったよ。奈々生や上野の家に対してやっていることは、まともじゃない」

「わたしは壊れてなんかないわ！」

「いいや、おまえは昔からすべて自分の都合のいいようにならないと気がすまなかった。自分が悪いことをしても、脳内で都合のいい言い訳を作り、それを現実と混同してしまう。それのどこがまともだと言うんだ。今までそれを正さなかったわたしも悪かったよ」

それは、継母には治療が必要ってことなのだろうか？　いや、これはもう父の家庭の問題だ。わたしが気にしてもしかたがない。継母はなにか言いたげだったが、父にその腕を掴まれ、おとなしく俯いた。

「奈々生、すまなかったね。許してもらえるとは思っていない。だが、これだけは言わせてほしい。どうか、しあわせにおなり」

「お父さん……わたしは今でも充分しあわせよ」

「そうか。そうやって、なにもかも許して笑うところなんかは優子にそっくりだ……。ありがとう、いい子に育ってくれて。慎一くん、義兄さんたちにお礼を伝えておくれ。それからかなでくん、奈々生をよろしく頼みます」

深く頭を下げる父の姿があった。昔、手をつないで母の病院を訪ねた時は、すごく大きい人に見えたけれど、よく見るとちいさな人だった。

「帰ろう、奈々。あとは彼らで話しあうべきだ」

「わたしたちも、もう一度きちんと話しあおう、かなで。明日からふたりで出社しなさい。おまえたちは休暇扱いになっている」

「養父さん……」

「今日のところは帰ってゆっくり休みなさい。奈々生さんも、すまなかったね」

社長にそう言われ、ようやく気が抜けたというか……終わったんだなと思った。

11　しあわせな結末

その後、慎兄たちと一緒に上野の家に向かう。真木先輩も心配して一緒についてきてくれた。

先輩は、わたしがお世話になっているお礼に家でごちそうしたいと、おばが何度か招待して遊びに来たことがある。なによりも第三者がいれば、すこしでもおばたちが冷静になれるかもしれないという、慎兄の提案だ。

カナちゃんはおじたちの前で、いきなりわたしをもらいたいと頭を下げた。

「お願いします。必ず奈々をしあわせにします！」

「ダメよ！　奈々ちゃんはうちの子になるの……どこにも行かせないわ！」

「おまえ、もういいじゃないか……」

予想通りおばにはすごい勢いで反対されたけど、意外にもおじはそうでもないようだ。

「おふくろ、俺は奈々生と結婚する気はないって説明しただろ？　諦めろ」

慎兄は相変わらず偉そうな言い草だ。

「なによ……ふたりとも奈々ちゃんがうちの嫁になってくれたらいいって、言ってたくせに」

おばは味方を失って泣きそうだ。そんな顔させたいんじゃないのに……

「おばさん、わたしだってずっとこの家にいたいよ……。だけど、慎兄のことはやっぱり身内にしか思えない。本当の兄のように思ってるんだよ？」

「ああ、俺も妹にしか思えないな。他に惚れてる女がいるし。それに、大事な妹を任せられるのは、親友のかなでしかいねぇと思うよ。そんじょそこらの男に持っていかれるのは嫌だろ？」

「そうだよ、かあさん。かなでだって息子同然じゃないか。このふたりが強い絆で結ばれていたのは、おまえだって知っていたはずだ」

「そうだけど……そうすると、綱嶋の家の嫁になってしまうんでしょう？」

「あの……それなら奈々生を正式に養女にして、そのあと綱嶋くんと結婚させてはどうですか？」

真木先輩が見かねてそう言ってくれた。うん、できればわたしもそうしたい。ずっとそう思ってきた。

「奈々生だって、あなたの娘としてお嫁に行きたいはずです。母親として接してくれたあなたに感謝しています。奈々生なんか一時、あなたのために彼のことを諦めようとしてましたから。それほど、あなたのことが大好きなんですよ」

「奈々ちゃん……本当なの？」

「おばさん、わたしずっと感謝してる。できれば、おばさんの娘としてお嫁に行きたい」

「そうさせてあげてください。わたしのような部外者が横から口を挟むのもなんですが、入社してからずっと彼女をそばで見てきました。親がいなくてもこんなにいい子に育ったのは、あなた方ご夫婦が愛情をいっぱい注がれたからですよね？　奈々生がずっと綱嶋くんを想い続けてきたことは、一番近くにいた母親同然のあなたがよくご存知のはずです」

「ええ……わたしだってこの子が生まれてから、ずっとそばで見てきたわ。この子はいつもどこか遠慮してて、慎一に気を使っていた。お嫁さんになってくれれば遠慮もなくなって、どこにもいかないでいてくれる。そう思うと安心できたの。だからかなでくんの存在が怖かった……。いつかどこか遠くへ奈々ちゃんを連れて行ってしまいそうで」

「すみません、奈々をあなたのそばから引き離すことになってしまって」

「いいのよ……あなたもあれから苦労したのよね？　わたしが浅はかだったわ。奈々ちゃんも悩ませてごめんなさい。母親は娘のしあわせを一番に願わなくちゃいけないのに。また娘をなくすのが怖かったの。ずっとそばにおいておきたかった。——かなでくん、奈々ちゃんをよろしくね」

「はい、必ずしあわせにします」

カナちゃんは力強くそう誓ってくれた。

「おふくろ、安心しろ。俺の嫁は奈々生が大好きな人になってもらうから。そうすれば奈々生も、しょっちゅうこの家に遊びに来てくれるぞ」

そう言って先輩を引き寄せた。

「慎兄、プロポーズしてたの？」

「ちょっと、そんなのされてないわよ！」

慎兄の隣で先輩が真っ赤になってる。なんだ、やっぱりそういうことだったの。

でも、ちゃんと本人にプロポーズしなきゃダメだよ？

「そうか、理保子さんなら大歓迎だ。以前から奈々生がお世話になっていて、しっかりしたいい娘さんだと思っていたからね。慎一の嫁に来てくれるなんて申し分ないじゃないか。なあ、かあさん」

「ええ……そうね。理保子さん、よろしくね」

「あ、はい。その……奈々生みたいに料理とかできないですけど、いいですか？」

「まあ、それじゃ、わたしがお料理を教えてあげるわ！　こっちへいらっしゃい」

そう言ってさっそく台所へ連れ込む。先輩が助けてって顔してたので、慌ててあとを追った。

そのあと、女三人で料理した。先輩は思ってた以上に料理が苦手で、おばと笑いながら指南しなければならなかったけれど、楽しい時間だった。男性陣を居間に置き去りにして、わいわいと楽しい時間を過ごした。向こうは向こうで野球談義をしていたらしい。

いいな、こんな時間……。こんなふうにこの先もこの家で過ごせればいいと思った。

結局、わたしたちはすぐには入籍することができなかった。

用意していた婚姻届も書き直し……正式におじ夫婦の養女になってから結婚することが決まったからだ。

慎兄と先輩のほうも話がまとまり、どうやらわたしたちより先に式を挙げるらしい。

わたしたちの式は、綱嶋社長から待ったがかかってしまったというのもある。

「綱嶋の跡取りとして、盛大な式を挙げてもらうからな」

「ごめん、奈々。養父なりの奈々への詫びの印と言われて、断れなかったよ」

費用は全額綱嶋でもつと、申し出てくれた。

もちろん、ふたりの退職は取り消された。

わたしたちが婚約していることも正式に発表され、今度お披露目のパーティーがあるらしい。

そんな大げさなのは困るとそれとなく伝えたけれど、社長に押し切られてしまった。

「うちからお嫁にいくということは、お式まではこっちに帰ってきてくれるのよね？」

おばにそう言われ、上野の家に帰ることとなった。あのまま結婚式までカナちゃんと一緒に住むつもりだったのに……

先輩たちは結婚してもしばらくは慎兄のマンションで暮らすらしい。なのでしばらくは上野の家に、自由に帰ってきてほしいと言われた。

慎兄たちも子供ができたら帰るつもりみたい。先輩は仕事を辞める気はまったくないらしく、おばは今から孫の面倒を見るのを楽しみにしている。


わたしたちは毎日会社で顔を合わせる。

だけど、就業前と仕事のあとのわずかな逢瀬ではもう満足できなくなっていた。

「おはようございます。本日の予定はこれより経営企画部会議、午後からは役員会です。十七時から社長と藤沢建設にて藤沢会長にご挨拶……これはわたしも同行させていただく予定です」

藤沢会長はカナちゃんの祖母の一番下の弟で、現社長はカナちゃんの母親の従兄。婚約披露パーティーより先に挨拶することになっていた。

それはきっと、今までそういった上流階級の世界に慣れてないわたしが、今度のパーティーで不安にならないようにという、社長とカナちゃんの気遣いでもあると思う。

「藤沢建設か……会長や長男の社長には会ったことないけれど、次男のフジサワハウジングの社長さんのほうには会ったことがあるよ」

「そうなの？　怖い人じゃないよね？」

「現藤沢会長は温厚な方だと評判だよ。それに社長もね。フジサワハウジングの社長さんは見た目強面だけど——奈々？　まさか今から緊張してないよね？」

「大……丈夫です。たぶん」

「そんなに緊張してたら午後までもたないよ？　おいで、すこし解してあげるよ」

「ダメです、すぐに会議が……きゃっ！」

引き寄せられて、すでに彼の腕の中だ。

「夜眠る時も、朝目覚める時も、君がいないと寂しいよ。奈々」

「それは、わたしも……んっ」

チュッとキスされたかと思うと、すぐに深くなっていく。

「ダメ……カナちゃん！」

「会議の間、奈々はお留守番だから……いいだろ？　すこしぐらい」

「やっ……」

キスしながら、その手がわたしの身体を弄っていく。スカートの隙間から忍び込んだ彼の指先が、腿から這い上がるようになぞってくる。

「んっ……はぁ」

「っ、やめておくよ、僕のほうがヤバくなりそうだ」

グリッと下腹部に硬いモノを押しつけられた。

カナちゃんがほしがっているのがわかる。先週はわたしが生理だったから、家で休ませてもらってたし……。カナちゃんがお見舞いに来てくれて、部屋でちょっと触れあった程度。だから生理が終わってからは、やたらスキンシップが激しいというか求めてくると言うか。

今日は金曜なので、挨拶に行ったあとに藤沢の人たちと食事して、その後カナちゃんのマンションに行く予定だった。

「はぁ……奈々不足で窒息しそう。今夜覚悟してて」

「カ、カナちゃん？」

わたしの胸に顔を埋めて、ため息をつく。彼がこんなに甘えん坊だとは知らなかった。

わたしがそばにいないと不機嫌になるし、いたら手を出してくる。

「今までの、奈々がいなかった生活が思い出せないよ。奈々がいないあの部屋も考えられない。どうしてもっと早く奈々を迎えに行かなかったのかと後悔ばかりしてしまうよ」

「いいよ、それは言わないで」

しょうがないよね。カナちゃんはいろいろとあったんだろうし。

「はやく家に越しておいでよ？」

「だから結婚式が済んだらって」

「待てない。いっそのこと僕が奈々の家に越そうか？」

「えっ？　それはダメだよ」

なにを言い出すの？　そんなことできるはずないじゃない。

「あぁ、そっか。奈々の部屋は監督夫婦の部屋の真向かいだから……声聞かれるの恥ずかしいよね？」

カナちゃんが耳元にキスしながらそう囁く。

恥ずかしいに決まってるじゃない！　おばたちの近くでそんなこと、できないけどカナちゃんに求められたらきっと拒めない。

「カナちゃんの馬鹿っ」

「ごめんよ、朝からあまりにも可愛らしい声を出してくれるから……ちょっといじめたくなった。今夜から二日間、奈々とゆっくり過ごせるかと思うと楽しみだよ」

「でも、明日は買い物に行くって……」

「もちろん、奈々の体力が残っていたら、行くよ」

それって行かせない気満々だよね？

カナちゃんからはマンションを、好きなようにしていいと言われて、すこしずつ私物を運んだり台所を触らせてもらってる。

それなのに、あまり買い物に行く時間がなくて……。カナちゃんが接待とか社長のお供でいない週末は、日中ひとりで頑張れるからかなり捗るけど、そうでない日はすぐにベッドに引きずり込まれてしまうから。

「それじゃ会議に行ってくるよ」

「あ、はい。行ってらっしゃいませ」

ちゅっとわたしの髪にキスして執務室を出ていくカナちゃん。そのうしろ姿に惚れ惚れしながら見送る。

仕事上、相変わらずカラーコンタクトで瞳の色を隠しているけれど、週末ふたりの時間は裸眼で過ごしてくれるのがうれしい。

平日別々で暮らしているからこそ濃厚な週末になってしまう。きっと結婚してしばらくはこんな感じになるのかな？　すこし怖い気もするけど、自分を必要とし求める人がいるということが、こんなに心強いなんて……思わなかった。

わたしがいないとカナちゃんはダメで、わたしもカナちゃんがいないともう生きていけない。

なくしたくない大事な存在。そしてそんな存在が増えて家族になっていくのだと思う。

「もうっ、カナちゃんの馬鹿っ！」

藤沢会長への挨拶を済ませて帰宅した彼のマンションで、本日二度目のセリフを叫んでいた。

「どうして食事しながらあんなこと……するのよぉ！」

藤沢の会長とその息子夫婦との会食中に、テーブルの下でこの人ったら……ずっと触ってくるものだから、どうしていいのかわからなくてすっごく困ったんだからね！

「おまえ、フジサワハウジングの社長に見惚れてただろ？」

まさか焼きもち焼いてたとでも言うの？

「だって、すっごく素敵な人だったじゃない……なんか理想のお父さんって感じで。奥さんも可愛らしくて素敵な人だったよね。美味しいパウンドケーキのレシピを教えてもらったよ」

「ふうん、どちらかというと慎と似たタイプの人だったよな。慎を落ちつかせた感じ。あんな年上の男がいいのか？」

「そんなはずないでしょう！　どっちかっていうとお兄さんの藤沢建設の社長のほうが……カナちゃんがもうすこし歳とったらあんな感じになるかなって、見てたんだよ？　そういうカナちゃんだってフジサワハウジングの奥さんとなにか楽しそうに話してたじゃない？」

「あの奥さんは、おまえと似た感じの雰囲気してたから。奈々がもっと年齢を重ねたら、こんな感じになるかなって。社長夫人のほうはあまり笑わない人で話しかけにくかったな」

「美魔女っていうかすごく綺麗な人だったよね」

「まあ、僕には君だけだけど」

「だからって、ダメだよ。ああいうのは……もう」

だって……すっごく恥ずかしかったんだからね？　抵抗できないし、変な声出せないし。

「それじゃ周りに誰もいない今なら、なにをしてもいい？　思う存分、声出していいし、感じまくってこの間みたいにいっぱい濡らしていいからね」

「カナちゃん！」

この間……感じさせられすぎて、愛液が溢れてしまった。ベッドを盛大に濡らして、あとが大変で。

「お喋りはそのぐらいで。一緒に風呂に入って、朝まで可愛がってあげるよ。大丈夫、シーツの替えはたくさん用意しておいたから」

有無を言わさず、わたしを抱きかかえバスルームに連れて行こうとする。

「待って、まだお風呂用意してないよ？」

「ん？　シャワーしながら溜めればいいよ。その間じっくり身体を洗ってあげる」

大丈夫かな……お風呂場だとすぐのぼせてしまうから。今日はお酒もすこし入ってるし。

「大丈夫、一生大事にするつもりだから、壊さないように丁寧に扱うよ」

そう言ってニッコリ笑う。それってすこし怖い気がするのは間違ってる？

その後、散々バスルームで感じさせられて「ここでならいくらでも漏らしていいよ」なんて言って……指で激しく擦られて、いっぱい愛液を漏らしてしまった。

「大丈夫。奈々がおもらししたのは昔も見たことあるし。もっと恥ずかしいトコロを見たいよ」

そんなこと言って、その後ベッドでも「カナちゃんが欲しい」って言うまでちゃんとしてもらえなくて……半泣きになって懇願してしまった。

もちろんお願いしたあとは、「もう無理」って言うまで、ううん、言ってもやめてくれなかった……そう、朝まで。

「早く毎日こうして過ごせるようになりたいね」

翌朝——というよりもお昼近かったけれど、ベッドの中で目覚めて見つめあい戯れる至福の時。

「誰かと一緒に過ごす家、待っていてくれる人……僕にはいなかったから」

「カナちゃん……わたしもだよ。もちろんおじさんたちも本当の家族だったけど、母に遠慮しないといけないって言われてたから……。きっと遠慮してるのがおばさんにも伝わってたんだろうね。だからあんなにわたしが離れていくことを怖がって」

「喧嘩（けんか）できるぐらいがいいんだよ。奈々とは喧嘩（けんか）にならないけど。きっとこうして僕が奈々を困らせて、仲直りしての繰り返しだろうね」

「わたしを困らせるの？」

「おばさん以上に奈々に執着（しゅうちゃく）して離さないから。たぶんね。きっと奈々は、これから困ると思うよ？」

「そんな……困らせないでよ」

「無理だね。僕が誰かを困らせたりするのも、泣かせたりするのもきっと奈々だけだから」

甘えたようなその声に、わたしは苦笑しながらも許してしまう。

「わたしだけなら……いいよ」

きっと今までもこれからも、わたしと今後増えるであろう家族だけがカナちゃんが気を許せる相手になるのだろう。

「奈々、しあわせにするから。僕のこともしあわせにしてほしい」

ベッドの中で見つめあいながら彼がそう言ったあと、やさしく口づけてきた。

それは次第に激しいものになっていき……穏やかな朝は熱情に支配され、今日もまた出かけられないと思いつつ目を閉じた。

やさしいけどわたしにだけワガママで、束縛が強くて……きっと家では困った旦那様になるのだろうな。

それでもいい、今まで甘えられなかった彼だから。別の意味ではきっとわたしも甘やかされると思うし。

将来、綱嶋の跡を継ぐカナちゃんのお嫁さんになることは、かなり大変だと思う。

昨日みたいに経済界の大物とも付き合っていかなくちゃならないだろう。

けれど、ふたりならなんとかやっていけると思う。どんな時だってお互いが支えになれるなら。

きっとこれからも、ずっと……

エピローグ　～奏～

ようやく手に入れることができた、愛しい存在。

目覚めた時、奈々は腕の中でスウスウと寝息を立てていた。すこし腕がだるいけれど、これもしあわせの重みだと実感する。

昨夜も激しく求めすぎて、最後のほうは息も絶え絶えで……終わったあと、奈々がぐったりしてしまったのは、ちょっとかわいそうだったかな?

——すこしは反省している。それでも抱きはじめると止まらなくなるのだからしかたがない。

『あんまり奈々を酷使したら許さないわよ』

真木には、いやもう上野だが……あいつにもそう言われている。

『大事にしてるんだけどなぁ』

『あんたの大事はかまい倒すことでしょ。このドSが！　ほんと見た目もタイプも違うのに、そういうところ、アイツとおんなじなんだから！』

愚痴ってるのか惚気てるのか知らないが、確かに慎と自分には似ている部分があることは認める。

同じ資質を持っているのに、考え方や表現方法が違う。それは昔から互いに感じていたことだった。

僕としては慎が真木とくっついたのは想定内だ。奈々は驚いていたが、真木は……見た目と内面はまったく正反対。でなきゃ、あの気の強い男の嫁として、しっくり収まるはずがない。

長年の親友と僕が唯一信用できた同期の女性が義理の兄と兄嫁になったことはめでた

い。奈々の『実家に帰りにくくなる理由』がなくなったのもよかった。彼女の不安要素が消えてくれることは、僕にとってもうれしいことだ。

病院での一件のあと、改めて社長宅を訪ねた僕らは予想外にも歓迎された。

『従順なだけだと思っていたおまえが、ああも信念を貫く男だったとはな。企業のトップに立つ者は、そのぐらいでなければならん。安心しておまえに未来の綱嶋を託せるよ。まだしばらくは現役から退かんがな』

そう言って、僕が綱嶋の後継者であり続けることを養父は望んだ。

そして奈々のことも……

『わたしに面と向かって歯向かうとはなかなか見込みのある嫁だな。こういう人間は滅多なことでは人を裏切らん。しかし宮之原からも養女にしてこちらへ輿入れとの話もあっただろうに、なぜ断った?』

『それは……今まで大切に育ててもらったおじたちの娘として、かなでさんに嫁ぎたかったから。どんなものにも代えられないほど、その恩が……感謝の気持ちが強かったからです』

『宮之原の娘として嫁ぐほうが、今後の立場は有利であろうに。しかし、そうだな……わたしがかなでをきちんと手元で育てていれば、妻が余計なことをすることも、今回のような騒動も起こらなかったかもしれんな』

余計なこととは、自分の姪を僕にけしかけたことを言っているのだろう。その後、養母はあまり公の場に顔を出さなくなり、社長との関係もギクシャクしたままだと聞く。

『あの、今日も奥様はお留守でいらっしゃいますか？　ご挨拶したいのですが』

『ああ、部屋にいるが……アレは誰とも話したくないと言って。いや、呼んでみよう』

引きこもりがちだった養母が珍しく顔を出し、奈々としばらく話しこんでいた。大丈夫だろうかと様子を見ていたが、僕らが帰る頃には養母が笑顔になっているのがわかった。

『養母となにを話していたの？』

『会社の交流関係のこととか、よくわからないので教えてくださいってお願いしたの。先日の食事会の時にフジサワハウジングの奥様が、最近、綱嶋の社長夫人をお見かけしないのは寂しいとおっしゃってたし。それにここはカナちゃんの実家になるんでしょう？　だからまた遊びに来てもいいですかって聞いたら、いいですよって』

奈々は素直に養母の懐に飛び込んで、受け入れられたようだ。僕が最初にこの家に来た時、養母には社長の隠し子だと思われたらしく、酷くぞんざいに扱われた。だから、こちらも距離を取っていたし、親しくしようとはしていなかった。話してみれば、そう悪い人ではなかったのだろう。そんな壁を簡単に乗り越えてしまう奈々は最高。僕にはない、人を信じる力を持っている。

社長主催の僕たちの結婚式の計画は、かなり盛大なものになりそうだった。

出席者名簿を作っているが、網嶋関連の招待客が多く、さすがにストライカーズの面々まで呼ぶことはできない。

これも宮之原との婚約解消のマイナスイメージを払拭するためと言われ、納得せざるをえない。

藤沢建設からも親類縁者ということで大勢に出席してもらえるらしい。奈々はあちらの一族にはかなり気に入られたようだから、心配はないだろう。

奈々の希望を叶えるために、海外の新婚旅行先で身内だけの式も挙げることにした。

お互いの両親に慎と真木の夫妻も来ると言ってた。それにOB代表で誠さんと、奈々の友人代表で同期の子がひとり。翠川にも参加してもらおうと思っている。

慎の結婚式では、十四年ぶりにストライカーズのチームメイトたちと再会することになった。

僕も奈々も真木の会社側の招待客として出席していたけれど、僕が誰なのか誰もわからなかったようだ。うちの会社の面々も多かったため、あえて名乗らなかった。その日の主役は慎と真木なのだから、邪魔するわけにはいかない。

そこで、慎たちが新婚旅行から帰ってきたあとに、チームのOBで祝賀会をやるというので、そちらに呼んでもらうことになっていた。

場所はストライカーズOBがやっている皆の行きつけの居酒屋、あずまや。

もちろん奈々も呼ばれていたので、前日にたっぷり彼女を可愛がり、当日の朝も奈々の寝顔を堪能してから起こし、連れ立って出かけた。

「おい、かなで！　俺たちのアイドル奈々生を横からかっさらっていくんだ。ただで帰れると思うなよ」

最初にそう宣言された通り、嫌というほど飲まされた。

隣で奈々が他の男と仲良さそうに話しているのを見て余計に悪酔いしたのかもしれない。

内心とても腹立たしかったが、笑顔は絶やせない。ここで敵を作るのは得策じゃないから。

だがしかし、僕が知らない奈々をコイツらは見てきたのかと思うと……なかなか苛立ちが抑えられなかった。

中には奈々に手を出そうとして上野家を出入り禁止になった奴もいたと聞く。ここに残っているのは、手を出せなくてもいいから仲良くしたいと思っている奴らと、兄のような気持ちで見守っている奴らが半々。

「奈々生をしあわせにしなかったら許さないからな！」

本気なのか泣き上戸なのか、泣きながら言われるとすげなくすることはできない。

「もちろんだ。必ずしあわせにする。約束するよ」

「泣かすなよ！　泣かせたら承知しないからな！」

それは約束できない。ベッドでも……いやそれ以外の場所でもすでに啼かせまくっている。

「昔からスカしやがって……顔がいいからって浮気するなよ！　したら即、俺が奈々をもらうぞ」

「しないよ。奈々以外考えられない」

浮気なんかするものか。それに俺がもらうって、僕のあとがおまえで務まるか！

——もし、幼い頃からずっと奈々一筋でいたら……浮気することはあったかもしれない。だけど僕の場合は何度も奈々を諦めなければならず、他で補完しようとしてきた。そのたびに、奈々しかいないと再認識してきたんだ。だから浮気はありえない。そんなことをして奈々を失うなんて、考えただけでゾッとする。

「かなでが怪しい行動をしたら、いつでも俺に相談しろよ？」

そう言って奈々に名刺を渡していたのは、探偵事務所を営むカズさんだ。

さすがに頼むことはないと思うが、今回美麗の相手の男の居場所を突き止めてくれたのは彼だ。

「カズさん、世話にはなりましたが、僕は奈々を裏切ったりしませんよ」

「けど危ないだろ？　おまえのいる世界は誘惑も罠も多い。違うか？」

「それはそうですが……」

「まあ、覚えておいてもらえればそれでいいよ。俺の出番がないほうが世の中平和だ」

宮之原の妻が上野の家にいろいろやってくれた時も、彼が証拠集めに走り回って、知り合いの弁護士に頼んでくれたおかげで、早くに治めることができたそうだから、腕は確かだ。

「あとはいつ子供ができるか楽しみだよな。慎のところと、どっちが先だ？」

「たくさん家族がほしくてずっと挑んでるのに、まだできなくてね」

「カナちゃん！」

奈々が慌てて僕の口を塞ぐ。いいだろ、そのぐらい言ったって。

前に作ろうとした時は時期がずれてたようでできなかったし、来週の結婚式頃がちょうど時期だからハネムーンベイビーを狙っている。

赤ちゃんを欲しがった時のように、奈々はおねだりしてくると可愛くて、何度だって奈々の中に注ぎ込みたくなる。

イキまくっておかしくなりながらも甘えた声で『欲しいの』と口にして、身体をヒクつかせて僕から子種を搾り取ろうとする。

その時の彼女は女で、母になることを切望している。その表情の色っぽさにゾクゾクしながら、すこし焦らして快楽の渦に追い込むとさらに……

――僕の悪い癖だ。

ただひたすら奈々に僕を欲しがらせたい。そうすると満たされるのだ。

それに……欲しくて我慢できなくて、僕の上で激しく腰を振る奈々なんて、誰にも想像できないだろう？　そんな奈々は僕だけのモノ。

昨日も家に泊まった時に『明日は予定があるから今日はナシにして』なんて言うから、散々愛撫して舌と指でイク直前で昂らせてはやめて、自分から欲しいと言わせた。

『いらないって言ったのは奈々なのに』

『やぁ……お願い、もう……おかしくなっちゃう』

『そんなまま皆のところにいって大丈夫かな？　ほら、見てごらん。こんな奈々を誰にも見せたくないよ』

鏡の前につれていき、蕩けた奈々の顔を本人に見せつけた。

『お願い……イかせて……カナちゃんので……』

『これが欲しい？』

普段恥ずかしがって触ってくれないそれを握らせると、戸惑いながらも扱いてくれる。

そのぎこちない手つきがまたよかったけど、これじゃいつまで経っても僕がイケない。

『そんなに欲しいなら、自分で乗って動いてごらん。もちろん今日もなにもつけないよ。さあ』

恐る恐る僕の上に跨って、恥ずかしそうに宛てがい内腿まで濡らしたソコで僕を呑み込む。

『あっ……イクっ、んんっ』

入れただけでビクビクと絶頂を迎えた彼女は、その薄い腹を震わせ、ナカで僕を締めつけた。

『すごいね、誰がそんなの教えたの？』

『意地悪……カナちゃんしかいないのに。お願い、動いて……』

『こう？』

緩々と動くと、泣きそうな顔をして……それが堪らなく可愛かった。

『やぁ……欲しいの、もっと。お願い、カナちゃん！』

『奈々のお願いには弱いんだ……それじゃいくよ？』

激しく下から突き上げると、不安定に揺れる彼女は慌てて僕の手を握ってくる。しっかりと恋人つなぎして、そのまま一気に昇りつめた彼女が身体を震わせ痙攣している間もその手を離さない。

クタッと僕の上に崩れ落ちる彼女を抱きかかえて、それからさらに突き上げて揺する。啼きながらさらにイキ続けて、悲鳴のようなものをあげる唇をキスで塞ぐ。

まだ果てていない僕は、彼女が落ち着く前にベッドに戻して組み敷き、一番深いところを抉るように突きまくって——その最奥に大量の白濁液を注ぎ込む。

そして気を失うようにして眠りに落ちた彼女を抱きしめ、ともに眠った。

迎えた今朝、彼女はすこし怒っていたようだが、その事実がある限り僕はこいつらのからかいにも馴れ馴れしい態度にも耐えられる。

と思っていたが……どうやらまた僕のモノだと認識できるまで攻めてしまいそうだ。今夜は酔いすぎているから無理だけど、明日にでも……

結局その日は、懐かしい面々に引き止められ朝までコース。さすがの僕も酷く酔ってしまった。

こんなに弱いはずじゃなかったのに、誠さんとカズさん、それに慎はかなりの酒豪だった。あずまやの店主の東さんが面白がって度数の高い酒をいろいろ出してくるものだから……メンバーの大半が潰れ、かろうじて自力で帰宅できた僕は、まだましなほうだったのかもしれない。

「カナちゃん、大丈夫？　飲みすぎだよ……」

心配そうな奈々の声がする。僕を心配するなんて、昔からこの娘ぐらいだ。いつだって誰にも心配をかけないように振る舞ってきた。

しかしさすがに今日はかなり飲んでしまったようで、マンションに戻ると一気に睡魔に襲われる。

「奈々……こっち来て、一緒に横になろう……なにもしないから」

さすがに今の僕にはなにもできないと思ったのか、くすくすとやわらかく笑いながら隣に寄り添って寝てくれた。

帰り際に、あずまやの人が渡してくれた二日酔い防止の漢方薬のおかげで、思ったよりも楽だけど、今は無理。なにもできない。

「ごめんよ……、出かける予定だったのに」

もう何週間も一緒に出かける約束を反故にしている。いつだって僕が我慢できずに盛ってしまうのが原因だ。

「いいよ、今日はゆっくりしよ？　あとでお粥作ってあげる。林檎も剥いてあげるね」

「ん……」

「また寝るの？　おやすみ……カナちゃん」

やさしい声でそう囁くと、僕のおでこにキスをしてくれるのがわかった。

——記憶があるのはそこまで……そのあと深い眠りに落ちていった。

一番欲しくて、一番安心できる相手の隣で、僕は安らいで眠れることを知った。

これからもずっと、こうして君と幾千夜(いくせんや)を過ごしたい。

激しい夜もやさしい夜も……

もう二度と離さない。

書き下ろし番外編

恋が叶ったそのあとは～永遠の誓い～

「誓います」

煌びやかな南国の日が差し込み、彼の薄茶色の髪は光を纏い金色に透けて見えた。

タキシード姿のカナちゃんは、わたしの手を取りやさしく微笑みながら愛を誓う。

ガラス張りの教会の向こう側には紺碧の海原と青空。初恋の人と結ばれて、親しい人たちに祝福される、まるで夢のような結婚式。

すでに日本で挙式・結婚披露パーティーは済ませていたけれど、それは次代の綱嶋物産後継者夫婦の披露も兼ねられており、挙式も綱嶋の義両親のすすめで打ち掛けを着ての神前式。わたしの希望が通ることはなかった。紋付き袴姿のカナちゃんも最高に格好よかったから、それはそれでよかったんだけど……

そこでカナちゃんが、新婚旅行を兼ねて訪れたここグアムの教会で、身内だけの式を挙げようと言ってくれたのだ。

参列してくれたのは、おじさんおばさん、綱嶋の義両親をはじめ、慎兄と奥さんの理保子先輩たちふたり。彼らは二度目の新婚旅行をするらしい。慎兄たち以外は明日帰国するけれど、ふたりは違うホテルに宿泊が決まっている。

あとは同期で友人の邦、ストライカーズOBで慎兄の会社社長の誠さんと、カナちゃんの同期で現秘書でもある翠川さん。

彼はドイツでの引き継ぎを終え、帰国と同時にカナちゃんの秘書に戻った。わたしは……そのまま綱嶋物産を退職した。

本当はもう少し仕事を続けたかったけれど、このたびカナちゃんが副社長に就任したので、どこの部署に行っても気を使われるだけになってしまい、無理だと諦めた。

そのぶん、彼を支えるためにはどんなことをすればいいのか、綱嶋のお義母さまや、仲良くなったフジサワハウジングの奥様たちに教わっている最中だ。

『この世界は結構裏表が激しいから気をつけてね。にっこり笑って見下したり、裏で汚い噂流したりして足を引っ張ってくる人がいるから。それに旦那様がモテる場合は、ハニートラップなんてしょっちゅうよ。目を離すとすぐに自意識過剰で露出の多い女性がしなだれかかってくるから困っちゃうのよ』

と、藤沢の奥様が可愛らしいお顔を眇(すが)めて嘆いていらっしゃった。四〇代後半でもフジサワハウジングの社長さんは美丈夫(びじょうふ)な方だから心配は尽きないという。昔はかなり女性関係が派手で遊び回っていたとのこと。高校の同級生だった奥様と再会されてからは、すっかり真面目になったそうだ。現在はかなりの愛妻家で、お子さんが五人もいて今でもラブラブらしい。

「藤沢夫妻のような家庭を作れたらいいね」

カナちゃんも思わずそう口にするほど、仲睦(なかむつ)まじい夫婦だった。

「奈々、必ず幸せにするよ」

指輪の交換のあとは、誓いのキス。

みんなの前でキスなんて、すごく恥(は)ずかしくて……その間ずっと目を閉じていたのに、いくら待っていても誓いのキスは終わらない。

「んんっ？」

薄目を開けると、カナちゃんの綺麗(きれい)な青灰色(せいかいしょく)の瞳が悪戯(いたずら)っぽく笑っていた。

「もう、カナちゃんっ！」

「ごめんごめん、今日の奈々があまりにも綺麗(きれい)だったから、ついね。日本じゃこんなことできなかったでしょ？」

どうやらカナちゃんもかなり浮かれているみたいだった。普段は綱嶋の両親の手前、ふざけたりはしゃいだりすることはなかったから。

「奈々、さっき慎が言ったこと、まだ気にしてるの？」

ホテルのスイートルームに戻ると、カナちゃんが心配そうに聞いてきた。

挙式の後、バンケットルームで披露宴をしたけれど、そのあと両親たちがホテルの部屋に戻ると、まるで飲み会みたいになってしまって……今回カナちゃんはあまり飲み過ぎないように頑張ってたけれど、慎兄たちはかなり酔っ払っていたようだ。

『えっ、綱嶋と上野さんの初体験の相手って同じ女性なの？』

翠川さんの少し高めの声が、男同士固まって飲んでいるテーブルから聞こえてきた。

その時のことを言っているらしい。

どうやら誠さんが暴露したらしく、目の前にいた先輩は『聞いてたけど……まあ昔の話だからね』って、気まずそうな顔して笑ってた。

だけど、私にとって初耳で……ショックを受けてないと言えば嘘になる。そりゃカナちゃんにも慎兄にも初体験の相手がいたのはわかるけど……

『昔の女性関係のことはしかたないからね。最終的に慎一はわたしを選んでくれたわけだし、わたしも今までいろんな男と付き合ってきたからおあいこかもね』

『比べる相手がいないと気づけない時もあるよ。奈々生みたいに最初からそう思える相手に出会えることは稀なんだよ』

　邦もそう言って相づちを打った。

『綱嶋くんの場合は、出会った時に相手が幼すぎて遠回りしてしまったのかもね』

　先輩はそう言って慰めてくれた。


「今の僕には奈々しかいない、それはわかってくれているよね？　昔のことは……本当に後悔してるよ。ごめん」

　カナちゃんは申し訳なさそうにわたしの顔を覗き込んできた。

「わたしはカナちゃんしか知らないから、よくわからないけど……やっぱり気にしちゃうよ。でも、もしカナちゃんがわたしのことを妹としてしか見てくれてなかったら、わたしも諦めて、他の人と付き合ってたのかな……」

　そう口にすると、一瞬カナちゃんはむっとした顔をしたけど、すぐに「僕が文句言えることじゃなかったね」と謝ってくれた。

「でもそうだとしたらカナちゃんはわたしのこと嫌いになる？」

「ならないよ。あたりまえじゃないか。僕も以前は奈々が慎と婚約して……もうそういう関係なんだって思い込んでいたんだ。だけどそんなの関係なかった。再会したとき、僕はやっぱり奈々が好きで、諦めきれてなかったことを思い知ったよ。だから、奈々が僕を受け入れてくれて、すごくうれしかったんだ」

「わたしだって……わたしを迎えに来てくれてうれしかった。義姉(あね)と婚約してるって知った時は、本気で諦めようとしたけど……でも、諦められなかった。カナちゃんしかいないって思ってしまったの」

結局、どれだけ許せるかってことなら、わたしはすでに許してしまっている。

そういう意味では、男っていうものの変な概念を植え付けてくれた慎兄に感謝すべきだろうか。

「奈々……だけどもっとワガママ言ってもいいんだよ？　慎も言ってただろ？『奈々生は普段から遠慮しすぎだ。たまにはかなでにも本音をぶつけて喧嘩(けんか)しろ』って」

そんなことを言われても。いつだってカナちゃんはわたしのことを考えて先回りしたり譲ってくれたりするから、あまり喧嘩(けんか)にならない。たまにカナちゃんがエッチなことをしすぎてわたしが枕を投げつけるぐらいだ。

『こいつは見た目や口調が穏やかだが、中身はまったく違うからな。争わないようにうまく立ち回ってるだけで、結局は自分の思ったように周りをコントロールしてやがる』

慎兄がそう言ったとき、その場にいた全員がうんうんと頷いていた。

確かにそういうところもあるけど、みんな気がついてたなんて。

「奈々は僕に遠慮してる？」

「遠慮なんかしてないよ！　でもワガママって……どう言っていいのかわからないの」

「僕にしてほしいことはない？　文句言ってもいいから、思ってること全部話して」

そう言われても、なんて答えていいのかわからなかった。

「奈々は、昔のことを聞いて嫉妬した？　僕は、そんな事実がなかったとしてもすごく嫉妬してたよ。慎にも、奈々と付き合ってるかもしれない男にも……想像しただけでおかしくなるくらい、ね」

そんな事実はなくてよかったけど、すこしだけ残念な気がした。だって、もしそうなら……その熱情をこの身に受けると想像した瞬間、身体がぞくりと熱くなった。

「嫉妬して……いいの？　昔の女たちに……。カナちゃんを責めてもいいの？」

「ああ。過去は消せない。後悔しても、奈々を諦めていたからと言い訳しても、その事実が奈々を悲しませて我慢させるくらいなら、その感情を僕に全部ぶつけてほしい。いつも遠慮がちな奈々が、嫉妬していっぱいワガママを言ってくれるなら本望だよ」

それってどうやればいいのかわからない……でも。

「わたし以外の女に触れないで」

パーティーで、カナちゃんに近づいてくる女の人たちがイヤだった。

「奈々以外に触れたくない」

「他の女を思い出したりしないで……わたしと比べたりしないで」

きっと自信満々の綺麗な人たちが彼に言い寄ってきてたんだと思う。だけどもうそんなの見るのもイヤ。

「そんなことするもんか！　もう、奈々しか見えない……奈々しか欲しくないんだ」

「ホントに？　わたしだけ？」

「いつだって奈々だけだよ。奈々を抱いてるときに伝わってなかった？　僕がどれほど奈々を好きで、離したくないかってこと。いくら抱いても飽きない、もっともっとしたくなる。この腕の中に閉じ込めてないと不安になるほど……。そんなの奈々だけだよ。今からだって、これからもずっとそれを証明し続けるよ」

「カナちゃん……」

「だから奈々も言って。僕だけだって。これから先もずっと……」

「うん、カナちゃんだけだよ。これからもずっと……」

わたしは思いっきりカナちゃんに抱きつくと、すぐさま強く抱きしめ返してくれる。

「奈々。証明させて、今から」

「うん、して……」

カナちゃんに抱き上げられ、部屋の奥にある大きなベッドへと運ばれた。

わたしは結婚式のあとミディ丈のドレスに着替えていたけれど、すぐに脱がされてしまった。先輩と邦から送られた白いビスチェにガーター姿は少し恥(は)ずかしい。セットされていたショーツは紐(ひも)で結ぶタイプのやつだったし。

カナちゃんは艶然(えんぜん)と微笑みながらベッドの上のわたしにのしかかってくる。

「今すぐ抱いていい？　それともシャワー浴びたいかな？」

いつもならシャワーを浴びさせてって言っても聞いてくれないくせに、こんな時だけ聞いてくるなんてずるい。

「今日は……わたしがする」

そうしたくて、体勢を反転させると、カナちゃんの上に跨(また)って彼のドレスシャツのボタンに手をかけた。

彼はうれしそうにそれを見ながらわたしの背に手を回して、ビスチェの紐(ひも)と留め具を器用に緩めてしまう。

「慣れすぎだよ……」

「奈々が可愛すぎて、もう無理」

「きゃっ！」

彼は身体を起こすと、わたしを抱きかかえたまま座り、ビスチェを脱がせるとちゅっとキスしてきた。

「奈々……愛してる。本当に、君だけなんだ。僕が心を許せるのも、ワガママを言いたいのも、幸せにしたいのも……それから、一生抱き続けたいのも」

「カナちゃん……」

「今だって、すぐにつながってむちゃくちゃ抱きたい気持ちと、こうしてぎゅっと抱きしめて温もりを感じていたい気持ちがせめぎ合ってるよ。だけど今日は奈々がシテくれるんなら、どっちも我慢する」

そう言われてもどうやっていいのかわからなくて、ひたすらカナちゃんのまねをした。

「んっ……」

そっと喰むようにキスして、それから口腔に舌を忍ばせてゆっくりと舐めあげるように舌を吸い上げる。何度も何度も角度を変えてキス。なにも着ていない上半身を押しつけて捩ってしまう。伝わる体温が気持ちよくて……次第に息が荒くなり、身体が熱を帯びてしまう。

もっと……密着したい。触れあってる部分全部で溶けあいたい。だけどすぐにそうできない自分がもどかしかった。

「カナちゃぁん……好き、大好き……。カナちゃんがいい……カナちゃんの全部、わたしのモノにしたいの」

カナちゃんの耳朶を噛みながら、甘えた声を出しておねだりしてしまう。

「僕は奈々のものだよ。今までも、これからも」

カナちゃんの熱くて硬いモノが隆起して、わたしの蜜壺を刺激する。思わず腰を揺らして擦り付けて……あ、タキシードのズボンを汚しちゃう？　そう思って腰を浮かすと、駄目だと言って引き下ろされた。

「逃げないで……僕を感じて」

「だって、汚れちゃう……」

そう言うと彼はにっこり笑ってそれを脱いでしまった。そしてまた向かい合って上に乗るように促され……

「やん、カナちゃん……これ、焦れったい」

自然と腰が動いて秘部を擦り付けてしまう。わたしの薄い下着はもうじっとりと濡れていた。こうして身体を擦りあわせてるだけなのに……。だけど、今のわたしにできる『わたしがするから』の精一杯がこれだ。

でも、もうそろそろ我慢できないかも……

「このまま……挿れてしまえる？」

「えっ……」

ショーツの紐を解かれ引き抜かれてしまった。彼も自分の下着を引き下ろしてしまう。熱く滾った彼のモノはわたしの愛液に濡れて、擦り付ければ擦り付けるほど、ソレが欲しくてたまらなくなる。

だって知ってるもの。カナちゃんとひとつになると気持ちよくて、激しく求められるほど、愛されていると実感できることを。

「自分でできる？」

「う、うん……」

わたしはゆっくりと膝を立てると、彼のいきり勃ったソレに向かってゆっくりと腰を落としていく。少し抵抗感があって、余計に彼のカタチそのものを感じてしまう。

「ああっん」

思わず声が漏れるほど大きくて熱いカナちゃんの。自ら腰を動かすたびに、そのいびつなカタチを自分のナカで感じてしまう。

「やっ……ん」

気持ちイイ。だけどもどかしい。

自然と腰が揺れ、カナちゃんのモノを締め付けて欲しがる動きが止められない。

「くっ……こんなのいつ覚えたの？　僕を悶え殺したい？」

「だって、これ以上どうしていいかわからないの。お願い、カナちゃん、シテ……。いつもみたいに、いっぱい、全部カナちゃんのモノにして！」

泣きそうになりながら哀願すると、彼はうれしそうな顔をしてわたしを組み敷いた。

つながってる部分はそのまま……ゆっくりと腰を回し、ズンと一度深くわたしを貫く。

「ああっ……いっ……ちゃ」

わたしの中を貫いている彼のモノで、グリッと敏感な核を捏ねられ、すぐにわたしはイってしまった。

「……あ、やだ、まだ……」

「大丈夫だよ、奈々が欲しいだけシテあげるから。こんな可愛い奈々を見せつけられたら、やめてと言ってもやめられないかも。今のうちに謝っておくよ」

「いいの……いっぱいして。やめちゃイヤ」

「奈々、可愛い僕の奈々。わかった……いっぱいしてあげるから」

苦しそうに目を眇めながら彼は腰を動かしはじめる。ゆっくりと大きく回すようにグラインドさせながら、わたしの気持ちのいいところを擦り上げてくる。

「やぁ、だめぇ……また、いっちゃう……んくっ……ああ」

わたしはビクビクと腰を震わせて何度も果ててしまう。

それから彼はわたしを上に乗せて下から突き上げたり、後ろから抱きかかえて激しく揺らしたり……

もう身体に力が入らなくなる頃には、シーツはびっしょりと湿り、わたしは力なく彼の腕の中に倒れ込むようにして意識を失った。

〜奏〜

「ごめん、奈々」

僕はすごく身勝手なやつだ。

奈々を大事にしたい気持ちでいっぱいなのに……こんな風に、奈々が気を失ってしまうほど激しく求めてしまう。もう止めようと何度も思うのに、止められない。

きっと何をしても受け入れてくれる彼女に甘えているんだと思う。

――今も、昔も。

僕をここまで生かしてくれたのは奈々だ。

人らしくあらしめているのも、彼女の存在があったから。でなければとっくに人としての箍を外してしまっていたかもしれない。

奈々のいない年月は、誰がそばにいても孤独だった。

愛すべき者、守る者がいて、己の存在価値がわかる。

自分でもイヤになるほど、どうしようもない僕を理解してそばにいて必要としてくれる。

これほど満ち足りた気持ちになれるのは、奈々だけだ。

だからこそ、僕はこれからも彼女の一番になれるように、彼女を愛し続けよう。


――身も心も永遠に。

恋愛小説「エタニティブックス」の人気作を漫画化!
EC
Eternity COMICS
実は総務の袴田君が肉食だった話聞く!?
Ako Mayuka
漫画 繭果あこ
Kiku Hanasaki
原作 花咲 菊
大丈夫です
なら今日は俺のキス覚えて帰ってください
力入らなくなっちゃう
いっぱい垂らして俺の舌そんな気にいった？
そろそろベッドに行きましょうね
彼氏いない歴＝年齢の絵夢が、飲み会の翌日、目を覚ますと隣に裸のイケメンが！　よく見るとそれは、いつも地味で真面目な総務部の袴田君で…!?　接点がない彼となぜ…？　テンパって帰った絵夢だけど、会社で袴田君に捕まってしまう。すると、彼は「好きです。結婚しましょう」といきなりプロポーズをしてきて——!?
B6判　定価：704円（10%税込）　ISBN 978-4-434-29262-0
描き下ろし番外編収録!
俺しか受け付けないカラダにしてあげる

本書は、2018 年 5 月当社より単行本として刊行されたものに、書き下ろしを加えて文庫化したものです。


この作品に対する皆様のご意見・ご感想をお待ちしております。

おハガキ・お手紙は以下の宛先にお送りください。

【宛先】

〒 150-6008 東京都渋谷区恵比寿 4-20-3 恵比寿ｶﾞｰﾃﾞﾝﾌﾟﾚｲｽﾀﾜｰ 8F
（株）アルファポリス　書籍感想係

メールフォームでのご意見・ご感想は右のＱＲコードから、
あるいは以下のワードで検索をかけてください。

ご感想はこちらから

エタニティ文庫

叶わぬ恋と知りながら

久石ケイ

2021年9月15日初版発行

文庫編集－熊澤菜々子
編集長－倉持真理
発行者－梶本雄介
発行所－株式会社アルファポリス
〒150-6008 東京都渋谷区恵比寿4-20-3 恵比寿ｶﾞｰﾃﾞﾝﾌﾟﾚｲｽﾀﾜｰ8F
TEL 03-6277-1601（営業）　03-6277-1602（編集）
URL https://www.alphapolis.co.jp/
発売元－株式会社星雲社（共同出版社・流通責任出版社）
〒112-0005 東京都文京区水道1-3-30
TEL 03-3868-3275
装丁イラスト－七里慧
装丁デザイン－ansyyqdesign
印刷－中央精版印刷株式会社

価格はカバーに表示されてあります。

落丁乱丁の場合はアルファポリスまでご連絡ください。

送料は小社負担でお取り替えします。


ISBN978-4-434-29372-6 C0193